储兴武诗词集

储兴武 著

合肥工业大学出版社

读心悟集　侯永

诗言志，抒心声；挥
毫评古今，飞笔歌
新风；满腔豪情
倾诗篇，读罢犹饮
美兰陵！　一九九八年七月

無瑕人品清如玉

不偝文章澹似僊

興武先生心悟集出版志賀戊寅仲春評末齋周新生書

精鹜八极
心游万仞

詹雄武先生法集之贶

刘元武

重楼红烛夜月華筵辟新陈

绸缪披千秀绣罗塲衣事殊

欲生有群芳是一百事原于修

邻芳萎幾人能如此好

依《兴咏雜话》

甲申年秋 天月

遠別青峯廿五年秋重八
載膏重遊故境留戀
千個步宿未盡情
萬點孔師長歎呼憂
不識日窗離恨惜芳
由眼觀新秀星豪氣
邁步每涿大流
就教
甲午春日書興武當長詩一首以
法寬於馨苑

绿浦石围百姓家民心向例堂

恩华身世贵形欺于树骨

有奇众领百毛老叟细康和

寿酒秀姑偷摘染婚幼艳躯

雄延青松挺未必毛鹤敢近它

古余兴武先生诗一首丙申三秋傅功书

前　言

　　中华民族有着悠久的历史和灿烂的文化，拥有丰厚的诗歌遗产，而诗词就是这一遗产宝库中的璀璨明珠。诗词的体裁和形式是先人们根据他们所在时代的特征和需要创作出来的，并在历史熔炉里不断得到冶炼，在社会的变革中不断得到发展。今天，时代在变化，社会在革新，作为中华文化不可或缺的诗词必将获得新的发展空间。因此，伴随着祖国现代化事业的迅猛发展，力求在古为今用、推陈出新方面不断发展创新，以实现古典诗词现代化，无疑是我们这些新时代诗词爱好者的光荣使命。

　　我是一个业余诗词作者。多年来，由于我对诗词创作有较浓厚的兴趣，因而养成了随感随录的习惯，积累了相当数量的诗词初稿。在此基础上，利用业余时间对照诗词韵律和平仄规则对初稿进行再创作，遣词择字，反复斟酌，最后敲定。就这样，我的诗词创作生涯从青年开始一直坚持到现在，年年都有几首乃至几十首新作，从未中断过。

　　1998 年 6 月，我以《心悟集》为书名出版过我的诗词，遗憾的是由于本人受限于才学，又未能认真校核稿本，致使书中存在不少差错。十七年过去了，我又整理出了一批诗词旧作，创作了一批新作。为更好地与诗词爱好者交流诗词作品，共享诗词创作成果，我决定将至今所创作的诗和词重新出版，按绝句、律诗和词分卷编辑合订。

本书取名为《储兴武诗词集》，共辑录了本人诗词作品九百多首，其中近半数作品曾以不同形式公开发表过，这次采集时又作了若干处的修改。诗词集按创作时间顺序编排，自1964年至2015年，时间跨度超过五十年。作品内容有抒发爱国情怀、歌颂大好河山的，有咏史咏物、人生寄叹的，有歌颂时代、咏志抒怀的，也有愤世嫉俗、讽喻鞭挞的。总之，所选题材既有广泛性，又有时代性。作品绝大部分语句如同白话，通俗易懂，充满现代社会生活气息。为便于读者更好地理解作品，诗词集对涉及时代背景、历史事件、神话传说、有关人物等方面的内容及具有特殊含义的用语作了简单的注释。在平仄和韵律方面，大部分诗作以《平水韵》为依据，词作以《词林正韵》为依据，尽量选用与现代汉语拼音规则相符的文字；小部分按《中华新韵（十四韵）简表》押韵，均在题目后加注（新韵）说明。少数地方，为避免拘平仄而害语意，在遣词用字上与律谱规则略有违背，不知能否为诗词同仁所接受。

由于水平所限，本诗集缺点和错误在所难免，敬请同仁和读者批评指正。

储兴武

2015 年 12 月

总 目 录

卷一　心悟绝句集

卷二　心悟律诗集

卷三　心悟词集

卷 一　心悟绝句集

《心语绝句集》序

　　储君兴武把他写的三百多首绝句编辑成册，取名《心悟绝句集》。要我写个序，感谢他的信任。在仔细拜读了他的大作后，不揣浅陋，写几句感想。

　　兴武君学外语出身，大学毕业后从事过翻译和外语教学，后来长期担任高教行政管理工作，在繁重的公务之余，创作了大量诗词作品。他的作品是他思想感情、人生经历的记录，也是他对社会的思考和反映，丰富多彩，真切动人。

　　中国是诗的国度，从《诗经》开始，然后《楚辞》、汉乐府、唐诗宋词，可谓辉煌灿烂。元明清时期，虽然戏曲小说更具特色，但诗词创作仍是文坛主流，名家辈出，佳作迭现。"五四"新文化运动之后，提倡白话文，西风东渐，大量新体诗出现，但传统的旧体诗词创作仍然为文坛主体。许多新文化运动闯将，如鲁迅、郭沫若、郁达夫等写有大量脍炙人口的旧体诗佳作。20 世纪 50 年代，毛泽东在给《诗刊》编辑部的信中说："诗当然应以新诗为主体，旧诗可以写一些，但是不宜在青年中提倡，因为这种体裁束缚思想，又不易学。"但他的旧体诗词却写得非常好，如《沁园春·雪》真正是前无古人。当时，社会上的旧体诗创作一直很繁荣，并没有因为新诗的兴盛而相形见绌。1976 年清明，群众在天安门广场自发悼念周总理，大批激情四射的旧体诗词新作喷涌而出，众口传诵，掀动民意民潮，倾诉百姓心声，更显示出旧体诗词在社会发生急剧变化时快速反应的强大生命力。

改革开放以来，随着一批老干部退居二线以及近年来中国逐步进入老年社会，大批离退休人员加入诗词创作队伍，旧体诗词创作更是如火如荼。有人说，现代诗词创作已超越唐诗宋词。这当然值得商榷，但现在创作队伍的宏大和作品的海量超过前代是没有问题的。这也可以从全国到处建立的诗词协会组织和出版的大量诗词刊物、个人诗词集等方面得到见证。

当前旧体诗词创作出现了许多优秀作品。许多作品确实可以接续古代，体现了良好的历史文化传教。然而不可讳言，也有大量名为旧体诗词，却并不合律的作品遭到读者的非议。为什么会出现这种情况呢？主要是时代在变化，语言也在变化。旧体诗词是建立在古代汉语基础上的，有其一套严格的规范要求。我们用现代汉语来写旧体诗词，便觉凿枘。许多作者不管这之间的差别，便写出名不副实的作品，缺乏传统旧体诗词的韵味。

笔者以为，如用现代汉语写诗，就不必冠以旧体诗词名目；如冠以旧体诗词名目，就要严格依照旧体诗词规范要求来写，免得名不副实，出力不讨好。事实上，我们完全可以用当代汉语写当代诗歌，创造出我们当代的新体格律诗。

兴武君在诗词格律上是下了功夫的。他严格按照旧体诗词格律写作，在不能以辞害意而使用新韵时，特地标明，可见他的严谨认真。他用旧瓶装新酒，在诗词创作中力求跟随时代，有所创新，诚如他本人所说："作品绝大部分语句如同白话，通俗易懂，充满现代社会生活气息。"他的这种努力是值得称道的。

故乐为之序。

陶新民
2014 年春日

第一部分 五 绝

别 内（新韵）

一九七七年二月

心怀天下事，趋避未曾占。
千里居家眷，炎凉自照看。

仲 夏

一九七七年六月

仲夏多甘露，绿肥杨树林。
金蝉忙脱壳，处处听知音。

归 燕

一九八〇年四月

时令轮回转，春光不甚多。
农家播种急，归燕正修窝。

勤 俭 乐

一九八一年五月

勤俭消贫困，长开本色花。
养鸡兼种菜，快乐小康家。

路 见 （二首）

一九八二年四月

一

老小林中隐，举枪猫步行。
忽然飞鸟去，斥子似雷鸣。

二

大男攀折柳，路见问何因。
答曰孩儿闹，摇枝可息人。

年 终 自 题

一九八二年十二月

公差须尽责，务实莫偏差。
岁获丰收果，安心煮酒茶。

秋 老 虎

一九八三年九月

秋风不送爽，暑热肆猖狂。
缘自天时变，炎凉乱正常。

春 意

一九八五年四月

路柳初扬絮，百花闹校园。
有心观月季，事扰不堪言。

梅 天 偶 得

一九八六年六月

时逢红瘦季，连日间阴晴。
偶见斜阳出，须臾雾气生。

鉴 花

一九八八年八月

才见紫薇灿，晨昏惹蝶蜂。
何如九十月，丹桂溢香浓。

春　日

一九九〇年三月

繁花香气吐，百鸟竞歌喉。
万类生机发，年轮又一周。

冬　夜

一九九一年十一月

夜半风声静，中天月色寒。
小池浮落叶，相聚烩银盘。

喜　鹊

一九九二年七月

搭桥神话事，报喜也无凭。
奋勇驱飞贼，凌空斗老鹰。

骆　驼

一九九三年十月

背凸身躯壮，蹄宽秉性憨。
作舟行大漠，累倒也心甘。

孤　山（新韵）

一九九五年八月

十载轻环保，孤山林木少。
劝君休砍伐，深处藏栖鸟。

咏　蛙

一九九七年九月

擂鼓唤春风，保禾除害虫。
一生逢九死，劳苦不居功。

桃　花

一九九八年四月

桃花不觉倦，日夜散芳菲。
采蜜蜂儿恋，迟迟暮忘归。

谒烈士陵（新韵）

一九九九年十月

报国头可断，名利一抛干。
试问将来者，何当无愧颜。

和 平 鸽

二〇〇〇年五月

喜放和平鸽，祥云一片天。
惜因魔未灭，四处起硝烟。

即 兴

二〇〇一年二月二十日

捶胸顿足者，台上慨陈词。
是否真君子，唯他独自知。

庙隅石佛 (二首)

二〇〇二年五月二十三日

一

生来富贵相，羞涩袋无钱。
问究因何故，贪沾不结缘。

二

四季燃香火，常年供果鲜。
旁人得实惠，他独不沾边。

过 休 宁

二〇〇三年四月二十日

太极齐云①佑，洞天文曲生。
状元题十九，只有皖休宁②。

【注释】

① 齐云山，位于安徽省休宁县城西十五千米处，海拔一千多米，周百余里。境内有三十六奇峰，七十二怪崖，洞、涧、池、泉，汇成胜境，是中国四大道教名山之一，全真教圣地。

② 据记载，安徽省休宁县历史上出了十九位状元，位居全国各县之首，素来有状元县之称。

咏 油 菜 (新韵)

二〇〇四年九月

幼叶麋冬雪，春来发满田。
辉煌灿烂后，籽粒惠人间。

山 乡 秋 月

二〇〇五年十月十六日

天高云匿迹，夜色亮晶莹。
地上同秋月，山乡分外明。

仓 鼠

二〇〇六年七月

官仓常破壁，硕鼠何其多。
倍受粮佶宠，糠箩跳米箩。

台岛弊案

二〇〇七年六月二十二日

贪婪填欲壑，腐弊鸟惊心。
政客通权术，猴王自粉金。

为科技攻关喝彩

二〇〇八年二月二十日

宇宙无穷奥，精英智慧聪。
书山连学海，科技万关通。

家访不应

二〇〇九年四月

防盗钢门闭，窟窿朝外窥。
人疏不答话，访者自生悲。

中 秋

二〇〇九年九月

金风爽万类，天送一轮秋。
美在光和悦，心宽放眼收。

民 办 教 育

二〇一〇年九月

民企办教育，智士应高瞻。
冷眼旁观者，劝君休讨嫌。

自 勉

二〇一一年十月

身躯源父母，家国赖生存。
人品何尤贵，德高知感恩。

漫 兴

二〇一二年三月

胜日难常有，春光不负人。
好花知圣洁，含笑慰清贫。

晚　晴

二〇一四年十一月五日

黄昏霾雾散，天地望分明。
夕照千山碧，残阳爱晚晴。

北京 APEC

二〇一四年十一月十日

友邦襄盛会，元首济龙舟。
亚太新丝路，同心合力修。

天　网

二〇一五年四月

力辟双赢路，神交结友邦。
行云天网布，举世鼠狐张。

春　诉

二〇一五年四月

冷热常无度，当春不似春。
春言莫怨我，问责首当人。

晚　霞

二〇一五年八月

暮日将沉落，晚霞红万千。
初如云染血，继后火烧天。

第二部分　七　绝

离　别
一九七〇年四月

一声再见泪双流，欲寄留言口又收。
千里共酬报国志，壮行天下若同舟。

国外度中秋
一九七二年九月二十二日

月照洋楼日照家，遥思万里向阳花。
年年此夜尝甜饼，唯有今宵酒代茶。

海滩游泳（新韵）
一九七三年六月

异域业余游海滨，茫茫万里水吞云。
丹心逐浪东归去，起落沉浮到京门。

赞大寨精神

一九七四年十一月

穷山恶水古来荒，正道新人斗地忙。
风卷红旗映日月，梯田万亩变粮仓。

春 播

一九七七年四月

谷雨万村农事忙，种瓜种豆又栽秧。
春风催赶耕牛走，半月功夫绿盖黄。

登岳麓山观爱晚亭遇小雨

一九七七年五月一日

名山巧配秀亭楼，爱晚唯因爱九州。
细雨绵绵润广宇，枫林浴雾正绸缪。

镜 泊 湖①

一九七七年十月二日

百里巅池琥珀光，天生八景坐中央。
遥闻瀑水吟林海，共与莺声唱北疆。

【注释】

① 镜泊湖位于黑龙江宁安县南部群山之中，长约 45 千米，湖面平静如镜面，湖中有八景：大孤山、小孤山、白石砬子、老鹤砬子、珍珠门、瀑布、道士山和城墙砬子。湖两岸群峦起伏，林木丛生，风景如画，气候宜人，为旅游度假的好去处。

谒杨子荣烈士墓

一九七七年十月

雪原林海闪军徽，侦察英雄灭虎威。
虽死犹生化利剑，斩妖除害护春归。

游园逗八哥 (新韵)

一九七八年九月

身陷斗笼诚可怜，调教无奈学人言。
往来游客争相语，谁解鸟儿苦与甜？

秋 游 香 山

一九七九年十月十八日

秋风瑟瑟日曈曈，曲径苍松寺宇雄。
远望两三红袄女，依稀化作南山枫。

暴　雨

一九八〇年七月

乌云压顶似天倾，风啸雨呼雷电鸣。
遍地湍流卷白浪，千坑万凼自填平。

春　寒

一九八一年三月

酉年二月倒春寒，节后余荤尚可餐。
乡下男人农事少，半搓麻将半围观。

除　夕

一九八二年一月二十三日

除夕已至碗橱空，事毕城南购货匆。
未料人情猛似虎，物丰难匹后门风。

迎　宾

一九八二年九月

门户初开气象新，外宾喜至结浓情。
人文跨国长相向，扬我中华悠久名。

农 家 春 情

一九八三年四月

越沟过坎路郊南，麦绿菜黄草曳莲。
少妇含羞门外坐，乳婴怀里饮甘泉。

游园见桃花 （新韵）

一九八三年四月十二日

闻报桃仙又降临，满园游客睹芳芬。
千红万紫年年似，独见今春别样新。

江 上

一九八四年四月

从裕溪口乘渡轮横渡长江至芜湖，吟于江上。
春水满江浮渡轮，声声汽笛雾中吟。
挺身踏破千重浪，割断横流彼岸临。

失 题 （新韵）

一九八四年五月

胜日无云天地宽，推窗敞户一时鲜。
有心关上青纱帐，莫让蚊蝇潜入帘。

漫　步

一九八四年八月

城郊傍晚浴霞晖，赤染田园映紫扉。
姑嫂棚中摘菜豆，娇儿屋里望亲归。

娇 娃 学 车

一九八四年九月

娇娃虎虎学骑车，马路来回左右斜。
慈母心中直打鼓，一招一式似猫抓。

朝明教寺偶得①

一九八四年十一月

投币焚香四大空，佛门老少悟禅宗。
粉金弥勒开颜笑，仙骨凡胎本性同。

【注释】
① 明教寺，又名教弩台，在安徽省合肥市逍遥津公园旁。

天　柱　山① (二首)

一九八四年十月

一

汉武祭封南岳名，谁知桂冕落旁生。
而今秀色雄姿焕，昂首挺胸鸣不平。

二

一柱顶天天不倾，云飞雾绕间阴晴。
胜年游客八方至，高举丹书十里迎②。

【注释】

① 天柱山位于安徽省潜山境内，是大别山东南高峰。汉武帝元封五年（公元前106年）南巡，登祭天柱，封号"南岳"。

② 主峰天柱峰海拔1488.4米，凌空耸立，一柱擎天，上端刻有"中天一柱"巨幅丹书，天气晴朗时十里远处便可望见。

秋　　蝇

一九八四年十一月

岁至霜天气冷清，舍蝇贪吃度余生。
锅边灶上嗡嗡叫，坠入餐盘落骂名。

雪 夜 回 程

一九八五年一月

事毕离申速返肥，昆山路阻雪纷飞。
子时到站寒风袭，十里冰封徒步归。

乡游杂感 （二首）（新韵）

一九八五年二月

一

农家雨水尚余寒，但见梅花独自鲜。
欲待江山春意闹，还须杨柳早接班。

二

人和地利胜天时，故路重修车马嘶。
朽叶随风歌晚夕，真情舍己让新枝。

春 风

一九八五年三月

余寒未尽野花眠，化雨春风起日边。
晕碧裁红行己任，从容送暖遍山川。

踏　　青

一九八五年四月

四月踏青淝水旁，风掺土味伴花香。
奇哉董铺^①雄鸡俏，见有来人啼更狂。

【注释】

① 董铺：村名，位于合肥市西郊。

周口店中国猿人遗址^①

一九八五年五月

群峦环抱小河蜒，洞穴深藏龙骨川。
目睹猿人遗火烬，遥思七十万年前。

【注释】

① 周口店猿人遗址位于北京市房山区周口店镇龙骨山北部。1921 年至 1929 年，考古学家先后在洞穴遗址处发现了大量的猿人头盖骨、下颌骨、牙齿、断裂的股骨、胫骨等化石及人工制作的工具。他们居住过的洞穴里留下了很厚的灰烬堆。通过对这些资料的研究，证明北京猿人遗址距今超过 69 万年，是世界上材料最丰富、最系统、最有价值的旧石器时代早期人类遗址。

燕 塞 湖①

一九八五年五月

迂游侧转十八旋，列嶂嶙峋映水天。
渤海胸前镶玉佩，燕山怀里抱婵娟。

【注释】

① 燕塞湖即石河水库，位于河北秦皇岛市西北。此湖地处燕山脚下，依傍长城，靠近山海关，自古为要塞之地，故得名。

咏 木 (二首)

一九八五年七月

龙 柏

墨绿染身枝叶娆，拔尖挺立势扶摇。
由来不信皇天命，虎虎生机永不憔。

雪 松

拔地层层翠塔楼，霜摧雪打更油油。
但凭身正根基固，任尔狂风何日休。

风　暴

一九八五年八月

天边龙挂尾飞扬，雨势排山障远庄。
平地狂风卷土起，乌空霹雳玉珠狂。

感　事

一九八五年十月

独木桥头一石横，行人止步叹声声。
料将激起苍生怒，万镐千锹铲不平。

公 务 不 怠

一九八五年十月

朝渡长江天未开，风驰电掣巢湖来。
午时匆饮淮河水，日落酒斟宴喜台①。

【注释】

① 宴喜台：在安徽砀山县城郊，又称燕喜台。

草 木 逢 春 (新韵)

一九八六年三月

怡园①三月竞芳芬，绿染红描日渐新。
信有春风传季令，终须草木自生根。

【注释】

① 怡园：安徽大学外宾招待所院内曾有一座小花园，题名"怡园"。每到春季，繁花盛开，芳香四溢，十分惬意。

校园拾零

一九八六年四月

夜雨除尘柳叶青，知园晓湿草花荣。
池边马步冲拳者，皆是苍苍老寿星。

草　虾

一九八六年五月

院内水沟通外渠，草虾虽小可安居。
只因误入迷魂网，惨作饵球钓大鱼。

夏日与会

一九八六年八月

热风吹进会议厅，电扇悠悠转又停。
心猿意马三万里，几人私语几人瞑。

027

盆　　景（新韵）

一九八六年十二月

室内如春室外寒，隔窗盆景对争妍。
不知何日摆颠倒，室内萋萋室外残。

春节口占

一九八七年二月二日

万家灯火照寒宵，小品相声兴热潮。
漫宇星星喜眨眼，西天月亮笑弯腰。

杨　　花

一九八七年四月

不争万紫与千红，愿学棉花解作绒。
胜日无输百卉艳，欢天喜地舞春风。

登黄山即景（三首）

一九八七年九月

登天都峰

陡壁攀缘不畏难，天梯送我上云端。
凌巅极目空东海，一箭穿霄令日寒。

西海观奇

斜阳西照雾帘稀，深邃茫茫分外辉。
万箭朝天将待发，飞来一石锁扳机。

北海日出

狮山人海五更寒，晓雾黎云暗转丹。
忽见天边赤水涌，江山万紫托金盘。

西 安 游 (二首)

一九八八年十月

骊山华清池

骊山秋茂骊宫春，金屋温泉赐美人。
更有前朝元首洞，张杨兵谏蒋藏身。

登大雁塔

飞鸿落羽坠尘涯，高塔冲天白日斜。
太后王孙随水去，浮云深处见繁华。

生 日 自 勉

一九八八年十月八日

己所不欲勿施人，长以民心照我心。
尘世纵然多粪土，眼前处处有真金。

心 声

一九八七年十月

面南举目海天空，阿里山峰在望中。
十亿心声驰广宇，共图一统振雄风。

梅 花 颂

一九八九年二月

疏枝秀叶不弄娇，曲直刚柔胜柳条。
雪里擎花辞旧岁，迎来喜雨汇春潮。

桂 花 颂

一九八九年九月

不与青松争日光，不同金菊斗秋黄。
无声守立平凡处，洒向人间都是香。

咏 白 菜

一九八九年十二月

快生快长到千家，四季常青老少夸。
雪压霜侵味更美，延年益寿胜鱼虾。

钱塘江大桥

一九九〇年四月

钱塘南北贯长虹，浩渺烟波笼远空。
江水车船齐怒吼，机声更比浪声洪。

路 殇

一九九〇年四月

本是穷乡古道危，先人拓路筑根基。
飙车逆子遭颠簸，抱怨爹娘不作为。

舌 辩

一九九〇年四月

春雨绵绵物候更，万人学府一钟声。
满堂才子擅辞令，喜看红颜胜虎生。

房改探索

一九九〇年五月

两户三家一舍争，供需矛盾总难平。
苦寻出路研方案，集资建房或可行。

食 堂 蹲 点

一九九〇年六月

余波未尽防学潮，一日三餐众口调。
纵有孺生心似铁，也怜工友累弯腰。

题 振 风 塔①

一九九〇年七月

振风飒爽守江川，迎送东西万里船。
阅尽人间四百载，山河兴废了其然。

【注释】

① 振风塔在安徽省安庆市迎江寺内，明隆庆四年（公元 1570 年）建，是我国长江中下游江岸上著名的古塔。

惜 春

一九九一年三月二十六日

东风昨夜暖千家，绿长红消漫野涯。
村口暗香犹未散，心随活水逐桃花。

银 屏 牡 丹①

一九九一年四月

时逢谷雨赏神花，山坳斗方人似麻。
眺数悬崖几点白，年光岁景不须查。

【注释】

① 银屏山位于安徽省巢湖市南郊约 17 千米处，山有一洞，名仙人洞。洞口悬崖上生长了一棵白牡丹，可望不可即，传为神花。民间传说牡丹开花枝数多与少，预兆当年年景好与坏。

游园赏月季

一九九一年五月

满园月季竞争春，狂放腆羞皆有神。
隔日大红成大紫，始知淡雅更宜人。

日　食

一九九一年六月

圆日中天变月牙，阳光暗淡影开花。
鸟回巢内鸣蝉息，鸡狗匆匆躲进家。

题　鲩　鱼①

一九九一年九月

天地悠悠生水乡，池塘肥草作皇粮。
饱餐终日心无用，身贵常登大雅堂。

【注释】

① 鲩鱼：又名草鱼，俗称混子。

遗　怀（二首）

一九九一年十二月

一

斗室居家兼办公，你争他吵乱哄哄。

无辜儿女烦心绪，学海书山两不通。

二

公务缠身寝食忘，孩儿幼教任疏荒。

到头他子镀金去，反怨家门低智商。

芙蓉诉冬

一九九二年十二月

昨日逢时出水端，路人溢美好心欢。

忽遭霜打花枝折，便遇冰凌不胜寒。

梨园所见（新韵）

一九九三年八月二十日

歪梨赖态两头尖，济济满枝枝欲瘫。

道有正常三五果，早成浪子口中餐。

题 铁 公 鸡

一九九四年一月二十五日

守时尽责大声啼，傲骨伶仃腹内饥。
不拔一毛非为己，墙头笑看万家炊。

谋 策

一九九四年一月三十日

挖潜设岗解饥荒，尚有牢骚斥耳旁。
莫怨苍天不下雨，疏渠拓道是良方。

新 春 赋 （新韵）

一九九四年二月六日

难得癸酉两春含①，浥水人家逐笑颜。
忙盖新楼拆旧舍，安居乐业不虚言。

【注释】

① 两春含：农历癸酉年，年头和年尾都沾上立春节气，即一年内含有两个立春。这是闰月赶成的，民间把一年两春视为吉祥之年。

听乡亲诉怨感赋

一九九四年二月十六日

农家不怕万辛尝，岂料费捐如虎狼。
昨日才将锅底补，而今又要砸厨房。

半 边 天 颂

一九九四年二月

木兰戎马胜雄兵，嫱女①和亲塞外晴。
自古裙钗多壮志，江山半壁赖支撑。

【注释】

① 嫱女：王昭君，名嫱，西汉南郡秭归人。

咏 三 光（三首）

一九九四年二月

日

远天烈焰一团红，无际光芒照碧空。
万物生存离不得，安排四季显神功。

月

亏似鹅毛挂远空，满如银镜傲天中。
若非凭借太阳照，哪得美名传始终。

星

点点光源漫夜空，吉凶宿座任人蒙。
此移彼转各循轨，变化万千规律同。

题歙县牌坊群

一九九四年五月五日

石条砌作慰魂碑，血泪斑斑竟可哀。
往事匆匆随水去，新潮滚滚自天来。

乌江怀古

一九九四年六月二十八日

刘项争雄了此涯，千年公案几多哗。
江东子弟皆豪杰，不为一人为国家。

行车遇雨

一九九四年六月二十八日

轻车驰骋大江边，穿绿梭红乡市间。
暮雨倾盆来几阵，天公为我洗尘还。

电视小品《醉青天》观感（二首）（新韵）

一九九四年十一月二十六日

一

玉带未尝无狗官，芝麻亦可做青天。
忠良奸佞凭何鉴？只在公私两字间。

二

权望何凭纱帽分，人民公仆为人民。
高山恶虎千家恨，平地耕牛万户亲。

暖　冬（新韵）

一九九四年十二月

记得腊月走冰凌，却见眼前篱草青。
猜是玉皇多喜事，为求春早季时更。

朝　见（新韵）

一九九五年四月

盛世全民重健身，满园祖逖与刘琨。
莫嘲翁妪舞松鹤，敢向自然索寿春。

闻　鸟

一九九五年五月

东邻笼鸟五更啼，乍听翻身侧耳西。
日久不嫌惊晓梦，匆匆起舞似闻鸡。

长 江 大 桥

一九九五年六月

飞虹道道跨长江，铁马钢龙驰骋忙。
来者费思先祖意，不知天堑在何方。

江 口 远 望

一九九五年六月十七日

江流汹涌甚狂颠，奔入海中成一川。
海纳百川何广大，谁知充量作洋边。

小 暑 闻 蝉

一九九五年七月八日

小暑出梅杨柳青，新蝉初唱怯生生。
当年毛遂识时务，今日何须不放声。

题电视栏目（二首）

一九九五年七月二十九日

《神州风采》

万里神州望眼开，人文名胜任君裁。
古今风采推难尽，无限辉煌看未来。

《焦点访谈》

新闻舆论露锋芒，焦点追踪正气扬。
入木三分善破立，访谈之处亮刀枪。

馒　头（新韵）

一九九六年一月十一日

历尽搓揉身更发，饱经蒸烤味尤佳。
单求天下无饥殍，一日三餐供万家。

咏合肥高新技术产业开发区（新韵）

一九九六年七月二日

浩荡春风绿蜀山，新城一夜起荒原。
从今揽下九天月，不愧庐阳美誉传。

题 池 蛙

一九九六年四月

西池蛙崽唱联台，鼓起肚皮充总裁。
自认身居极乐世，不知海上有蓬莱。

赴淮南豆腐节经八公山

一九九六年九月

雾蒙重岭阵森森，草木皆兵笑古今。
谁料淮王豆腐宴，千秋犹夺世人心。

路经刘安墓占得

一九九六年九月

淮王得道荫鸡犬，主仆恩荣同上天。
更叹人间悲怆事，爬虫无道也成仙。

水利失修忧怀

一九九六年九月

农家水利命根牵，数载失修旱涝连。
玉帝龙王相揖贺，顺民非我莫耕田。

季冬清晨

一九九七年一月

腊雪才消草色空，清晨大地白蒙蒙。
旭阳含笑姗姗露，万野冰霜化粉红。

曲 阜 行（三首）

一九九七年三月

孔 林

葱葱古树三千亩，沐浴皇恩一姓亲。
倘使圣人知后事，不将气死也翻身。

孔 府

幽幽孔府筑高墙，九进院围三路堂。
原本皆随天子愿，拔高先圣固朝纲。

孔 庙

仰圣瞻贤各念经，是尊是反哪分清。
历朝君子虔诚祭，满口仁慈未必行。

济 南 游（三首）

一九九七年三月

大 明 湖

风和日丽大明清，垂柳随风舞轻盈。
楼阁亭台环岸展，影纹历历水中城。

历 下 亭①

不因工部②放声歌，历下亭前名士多。
都是大明清净水，引来鸿雁一千河。

趵 突 泉

四海驰名趵突泉，雪喷源涌现轮圆。
汇成漱玉③清如镜，月貌花容映水天。

【注释】

① 历下亭在大明湖中的一个小岛上，因历山得名。

② 唐代诗人杜甫一度任剑南节度使参谋、检校工部员外郎，故世称杜工部。他在济南与书法家北海太守李邕相会，留下了《陪李北海宴历下亭》诗。

③ 漱玉：趵突泉水汇于一池，池面清澈如镜，故称漱玉泉。相传宋代著名女词人李清照的故居就在漱玉泉畔，常对泉梳妆。游人至此也常效仿李清照对泉观影，梳理整装。

养鸡场所见

一九九七年四月五日

十亩栏棚五色囚，趋馆啄食总无休。
其中竟有凛然者，不为糟糠肯点头。

寿县安丰塘

一九九七年四月

芍陂浩渺润三农，无际良田一望葱。
楚相不忘兴水利，千秋流誉万民崇。

三上齐云山紫驼峰

一九九七年四月

金秋三览紫驼娇，殿阁重光气宇韶。
极目十成吴楚色，七成景物出今朝。

螃　蟹

一九九七年五月

鼓眼瘪鳃貌不扬，横行姿态更遭殃。
却因肉质鲜天下，总令世人乐品尝。

贺东方红三号卫星发射成功①

一九九七年五月二十日

太空又奏东方红，华夏航天屡建功。
过眼烟云弹指去，自由总在必然中。

【注释】

① 1996 年，长征 3 乙（LM–3B）首次飞行，因姿态控制失常，火箭坠地，星箭俱毁，使正进军国际商业发射的中国航天事业遭受了一次巨大打击。东方红三号卫星发射成功表明过去的失败已成过眼烟云。

贺风云二号卫星发射成功

一九九七年六月十八日

东方银箭又冲锋，跃入苍穹缚玉龙。
神女从今羞不出，雨师风伯枉逞凶。

梅　天

一九九七年六月二十日

时晴时雨入黄梅，蜂蝶寻花挟水飞。
燕雀来回忙觅食，巢中雏鸟始丰肥。

香港回归实况录（四首）（新韵）

一九九七年七月一日

政权交接仪式

寰宇千波一话题，五洲朋客共佳期。
中英元首互宾主，为把红旗换米旗。

香　港

六百万民情满怀，巨龙狂舞紫荆开。
明珠献瑞银河喜，好雨倾盆天上来。

北　京

广场长街不夜天，人山人海彻宵欢。
京都港九遥相贺，沉土百年转瞬还。

全 国 各 地

长空子夜焰花鸣，离土回归举国迎。
五岳五湖洋喜气，九州九野万龙腾。

露

一九九七年八月二十三日

处暑秋归夜转凉，慈菩戴月洒琼浆。
海神托起金鹏鸟，一粒珍珠一太阳。

校园情侣

一九九七年十月

夜静楼空半月低，忍承寒露比肩齐。
柔声细语相依拥，恨杀枝头鸟又啼。

怀　友

一九九七年十月十八日

大地茫茫万水流，人生转眼百春秋。
太虚天鉴若真有，随处寻君不用愁。

冬　雷（新韵）

一九九七年十一月九日

入冬数日响惊雷，疑是暑公又复回。
若受天爷倍宠爱，一年两夏绿长肥。

南　行

一九九七年十一月二十日

挟风带雨向南方，一路温差渐减凉。
内地微微吹暖气，海边和煦洒阳光。

广 州 游 (二首)

一九九七年十一月二十三日

越 秀 公 园

万顷花城一岭葱，竹丰树茂蔽天空。
秀湖游客荡轻艇，水底木棉缕缕红。

广 交 会

春秋两绽百花妍，万国通商一会牵。
互补需求四十载，五洲经贸结良缘。

深 圳 游 (八首) (新韵)

一九九七年十二月

锦绣中华

神游半日九州间，一览无余今古观。
未有政通开盛世，哪来名胜大团圆？

中国民俗文化村

赤县从来兄弟多，而今兴旺赛侏罗。
各族风采竞争艳，共谱中华极乐歌。

世界之窗

身临南粤看寰球，异景纷呈放眼收。
门户一开通海外，泱泱世界任君游。

野生动物园

鹦歌猿啸虎狮游，百类生灵共绿洲。
若是人寰皆彼此，大同世界不须愁。

沙头角中英街

一路中分隔万山，弟兄姐妹聚无缘。
今逢胜日紫荆绽，一样红旗挂两边。

蛇口工业开发区

依江傍海好扬帆，开放招商步最先。
一子激成千顷浪，九州顿起万重澜。

圆明园微景

精巧绝伦气浩然，炎黄才智贯河山。
颓垣断壁泣神鬼，夷寇罪行书尽难。

市容大观

马路宽平意料间，高楼林立不新鲜。
花红草绿无心恋，唯恐地王①通破天。

【注释】

　①地王：指地王大厦，正式名称为信兴广场，是一座摩天大楼，于1996年完工，高69层，总高度383.95米，实高

324.8 米，建成时是亚洲第一高楼，也是全国第一个钢结构高层建筑。

珠海半日游

一九九七年十二月二日

深圳乘舟珠海游，横穿江口泊香洲。
缘堤走马观花市，始恨来迟悔不休。

澳门环岛游

一九九七年十二月三日

湾仔乘舟环岛行，楼台花草看分明。
耳闻鸡犬人难近，意决来年再逛城。

舟游八里河遇暴风雨①

一九九八年五月

十级狂风欲覆舟，横飞密雨障双眸。
艄翁稳舵波不止，水草萋萋压浪头。

【注释】

① 八里河风景区位于安徽省颍上县八里河镇，南临淮水，东濒颍河，占地面积 3600 亩，有"世界风光""锦绣中华""碧波游览区""鸟语林"之美誉，为全国首批农业旅游示范点。"世界风光"微缩了世界著名建筑希腊宙斯神庙、法国雄

师凯旋门、德国柏林众议院、荷兰大风车、美国大峡谷、圣心
教堂等十大景点。

国庆焰火晚会遇雷雨

一九九八年十月一日

炮吼雷鸣震地穿，烟花闪电共长天。
狂风裹雨倾盆急，万众欢呼沐圣泉。

高 速 公 路（新韵）

一九九八年十月三日

纵横叠错八方通，铁甲奔驰快若风。
极目前头云雾岭，霎时回望杳无踪。

登东方明珠塔（新韵）

一九九九年五月三日

浦东平地耸云梯，送我凌空揽彩霓。
借取杜诗名望岳，形容此景亦相宜。

咏"神舟"飞船

一九九九年十一月二十日

神州使者谓"神舟"，直上重霄负命游。
欲请嫦娥舞广宇，更邀玉帝论春秋。

紫　蓬　山①

一九九九年十月

碧野青山浑一然，西庐玉佛浴香烟。
五龙颈上老榆树，地泽天滋返少年。

【注释】

① 紫蓬山，合肥市肥西县紫蓬镇南，1992 年被林业部定为国家森林公园，2010 年被国家旅游局定为 AAAA 级风景名胜区。

黟县宏村①

二〇〇〇年五月

元亮桃源不足娇，醉翁神笔亦难描。
清渠饮得牛郎醉，牵动瑶池落九霄。

【注释】

① 宏村，位于安徽省黄山西南麓，距黟县县城 11 千米，是古黟桃花源里一座奇特的牛形古村落，距今超过 850 年的历史。

肥西三河镇

二〇〇〇年五月

洪魔过后太平融，千步新街一望通。
三水联盟辅古镇，老凰舞扇搏春风。

评教育产业化

二〇〇〇年六月

官家病急乱求医，市场繁花缭眼迷。
出得高招办教育，竟将贫富一兜提。

有感自费上学

二〇〇〇年九月

学费飙升惊出奇，豪门一笑草庐悲。
哀哉谋士便便腹，饱汉安知饿汉饥？

乡 行 所 见

二〇〇〇年九月

一行乔木似强梁，下汲肥源上接阳。
错节盘根行霸道，无依小草尽枯黄。

问　　教

二〇〇〇年九月十日

十年育树看园丁，师道尊为座右铭。
借问先生心愧否，敢称德学两芳馨？

感阿太现象（二首）（新韵）

二〇〇〇年九月十七日

央视一套《今日说法》云：宁波瑞安市一懒汉，文盲，因攀附市委书记和市长而红极一时，人称"阿太"，有买官鬻爵者巴结于他，十有九成，遂又得"地下组织部长"称号。

一

地主一时因嘴馋，安排宠犬觅肥鲜。
到头刁犬戏龙套，牵着主子四处贪。

二

狗属犬科猪属豚，向来猪狗不沾亲。
只因狗嘴吐灵气，岁岁猪条舔狗唇。

初学垂钓

二〇〇〇年十月二十日

相约藕塘垂钓钩，戏夸海口拔头筹。
同人得手讯询我，笑答无功半日羞。

五上黄山（新韵）

二〇〇〇年十月

五上黄山不厌疲，一程更比一程奇。
欲将万景收胸底，任我重游千百回。

初冬游园兴得

二〇〇〇年十一月五日

时序秋冬变换中，霜天渐改旧时葱。
和阳本是多情汉，撩得枫姑满面红。

见婚宴请柬小议 （新韵）

二〇〇〇年十二月二十六日

一张请柬两颗心，喜事多多愁煞人。
莫道人情大似债，宜将古训作更新。

西部大开发

二〇〇一年三月

红旗一展赤乾坤，大漠生辉车马奔。
滚滚潮流滋热土，春风万里度玉门。

家 燕

二〇〇一年五月十二日

家燕修窝一丈高，相逢每日似知交。
不因万苦除虫害，哪得人间安乐巢！

滕 王 阁（新韵）

二〇〇一年五月

劫难重重未损毫，千年名胜著风骚。
而今影映赣江水，万绿丛中一小娇。

睡 莲

二〇〇一年六月

何故浅池怡我神？碧莲凌水媚伤人。
嫣红朵朵情无限，撩起心田一段春。

昆明览胜（五首）

二〇〇一年十月

游 大 观 楼①

锦楼画阁映湖光，远眺佳人近睹芳。
为解人间第一对②，白鸥追我问端详。

西 山 龙 门

攀崖附壁跃龙门，佛像神龛次第尊。
更上高层达天阁，目穷千里览乾坤。

滇　池

宝鉴映辉云贵天，水空一色鸟飞旋。
③金马碧鸡遥争俏，乐得春城四季妍。

石　林④

峭石参差草不依，凤鸣莲绽暗潺矶。
天生烈女阿诗玛，万古修身望婿归。

世界园艺博物园

中洋园艺集精华，各具风骚众口夸。
何日人寰堪共享，文明硕果惠天涯。

【注释】

①大观楼南临滇池，西眺西山。传说古时有位年轻女子因思念被酋长抓去当奴隶的丈夫，日夜悲啼，泪水积成滇池，最后仰面倒下化为西山。西山群峰起伏，犹如丰盈的美女仰卧岸边。

②大观楼前门柱上挂有清孙髯于乾隆年间所撰写的一对长联，上下联各九十字，被誉为"古今第一长联"或"海内长联第一佳者"。

③传说女子化为西山后，有凤凰前来吊唁，人们误以为是碧鸡，故西山又称碧鸡山。另滇池东岸有山，名金马。昆明被碧鸡、金马两山所夹，气候温和，四季如春。

④石林风景区最为著名的石峰为阿诗玛石峰，它颀长高挑，风姿绰约，宛若一位撒尼族背篓少女。传说此石峰是撒尼姑娘阿诗玛因忠贞守节、反抗富豪强暴被淹死后而化成。

西双版纳游记（五首）

二〇〇一年十月

版 纳 风 情

一

西南边塞宝光华，秀水青山裕万家。
一族寨楼一格调，衣冠彩绣照琼花。

二

景洪路网绕千山，大轿中巴络绎攀。
村寨欢歌醉远客，不知身在傣乡间。

橄 榄 坝

澜沧江水碧油油，橄榄遮天掩傣楼。
惊喜深林超市闹，繁华浑若大街头。

热带植物园

绿环翠盖三千亩，异树奇花天下珍。
自恨寡闻多不识，狂思一日一千巡。

原 始 森 林

沟途栈道路森森，涧水潺潺湿气侵。
苍树参天啼鸟远，往来浑若穿古今。

白湖赏春①

二〇〇二年四月七日

菜花黄透白湖滨，十里长圩十里春。
路过田头香不退，蜜蜂追我不离身。

【注释】

① 白湖，指地处安徽庐江、无为、巢湖三界内的白湖
农场。

看　花

二〇〇二年四月十九日

走马观花独自猜，桃花谢后杏花来。
有心欲与君商榷，待我闲时一一开。

咏　伞

二〇〇二年四月二十三日

出门为伴任晴阴，不畏日炎和雨侵。
更助人间成好事，老槐树下结知音。

胶 东 游 记 （五首）

二〇〇二年五月

青 岛 观 潮

朝露礁滩午浪行，无风卷雪起雷声。
茫茫银海辉天日，复照青城万物明。

崂 山 览 胜

观海无输碣石天，览山不亚岱宗巅。
回眸远眺青城貌，红绿参差万象鲜。

威海公园夜景

绵延霓彩灿星辰，异域风光漫海滨。
醉客何需凭美酒，今宵兴作画中人。

刘公岛甲午战争博物馆

历史长廊遗耻忡，神州甲午哭秋风。
健儿驱虏一同死，血染海疆映日红。

泰 山 人 海

黄金假日岱宗游，客涌如潮水倒流。
云里天街人海汇，玉皇顶上卷潮头。

咏龟——读报有感

二〇〇二年五月二十日

滴水之恩久不忘，历经艰苦复还乡。
愚龟也把春晖报，羞煞人间负义郎。

苦　恼

二〇〇二年七月

穷家经理掌家难，老总声声不胜寒。
若得良方能富众，千熬万煮也心安。

武夷山游记（五首）

二〇〇二年七月

九曲溪漂流

清溪九曲绕重崖，水底游鱼戏卵沙。
舍下蓬莱无所惜，莫忘由此泛浮槎。

登 天 游 峰

未计于今花甲年，登凌绝顶若游天。
心驰九曲通幽境，神往群峰饮壁泉。

紫 阳 书 院①

隐屏峰下启思维，先哲著书摧鬓眉。

满院生徒甘露采，人伦理气树新规。

水 帘 洞②

赤壁横空映碧天，细流垂挂玉珠连。
三贤坐庙论非是，活水源源润大千。

玉 女 峰③

姐妹三人紧锁眉，隔溪同把大王追。
争风铁板施魔障，惹得情伤满武夷。

【注释】

① 紫阳书院位于武夷山五曲隐屏峰下，是南宋淳熙十年著名理学家朱熹讲学的地方。

② 水帘洞是武夷山最大的岩洞，有"山中最胜"之称，依崖建有祈祀宋代刘子翚、朱熹、刘甫的三贤祠。岩顶有两道泉流，微风吹动，化为水珠，宛若两幅珠帘。

③ 玉女峰在武夷山二曲溪南，三峰紧贴，宛如亭亭玉立的三姐妹。玉女峰与大王峰隔岸对峙，其间横亘一堵叫"铁板嶂"的黛色岩石，右侧有一圆石，叫"镜台"。传说玉女和大王相恋，遭铁板嶂阻梗，只好凭借镜台泪眼相望。

寄语中国足球队

二〇〇二年八月

足球天地万人狂，跋扈飞扬争霸王。
望眼欲穿期国脚，摘金夺冠壮炎黄。

足球迷写照

二〇〇二年九月

顿足捶胸两手揪，声嘶力竭总无休。
球星惹得球迷醉，直把巴西当九州。

瞻云岭新四军军部旧址（二首）

二〇〇二年十月一日

一

抗倭救国战凶顽，力顶东南天地间。
无道暴君施毒计，七千忠骨葬青山①。

二

东流青岭耸云天，阅尽人间万史篇。
千古奇冤君作证，国贼世代骂名传。

【注释】

① 系指 1941 年 1 月 6 日国民党反动派制造的震惊中外的
皖南事变。

风　筝

二〇〇三年三月

画鹰描凤酷形真，一放扶摇藐视人。

欲上云霄行不得，方知未获自由身。

大学同窗回访城西湖（五首）

二〇〇三年四月

一

此地学军两度秋，深深印记刻心头。
五湖战友常相聚，百味情怀话霍邱。

二

同窗聚会乐无疆，故地重游兴致昂。
都说光阴催我老，谁知更比少年狂。

三

三十四年溯旧乡，欲将别意尽倾肠。
无奈物非人事换，漫询故址感沧桑。

四

湖畔驱车忆昔年，曾经麦浪望无边。
耳闻呐喊通宵夜，眼底修堤灯火绵。

五

斜晖洒落水门塘，诧看西湖挪蓼乡①。
登岛高瞻夕照景，水天一色满金黄。

【注释】

① 蓼：安徽霍邱县在夏、商时期与河南固始县同属蓼国

之地，故简称蓼。水门塘位于霍邱县城北，原系楚令尹孙叔敖修建的水利工程，现被批准为"国家水利风景区"水门塘公园。

无 奈

二〇〇三年六月

无果之劳心意违，从需就短也生辉。
人间啼笑尤唯此，食者常讥炊者非。

聊 城 行（二首）

二〇〇三年六月十日

孔繁森纪念馆

为党分忧忠义人，安民报国好功臣。
鞠躬尽瘁君行健，雪域青松泰岳珍。

环 城 湖

东昌湖水映聊天，今得新装倍焕然。
不似西湖浓彩抹，能赢西子二成鲜。

游都江堰（二首）

二○○三年十一月

都 江 堰

深滩低堰弯截角，鱼嘴分流贯宝瓶。
驾驭蛟龙天府庶，炎黄睿智泣神灵。

二 王 庙

郡守治洪儿继承，岷江筑堰利夷兴。
奇功不朽民生系，世代丰年祭李冰。

神游九寨沟（五首）

二○○三年十一月

九 寨 沟

王母下凡居此方，玉皇辞祚别天堂。
人间竞选神奇地，九寨登峰不用商。

游 海 子

地凝玉露贮山间，剔透晶莹五彩颜。
忘返流连天下客，风光人影一池关。

览 晨 景

朝阳隔岭照晴空，枕涧亭台过客匆。
近海犹如墨绿镜，远峰酷似白头翁。

观 瀑 布

狮吼雷鸣诺日朗，音回乐转珍珠滩。
纵闻百器同交响，难媲天襄九寨欢。

初 冬 气 象

青山夕照绿尤肥，忽又三更披素衣。
晨晓天蓝云若絮，朝阳借雪倍生辉。

海 事 有 感

二〇〇四年八月

海疆万里水天蓝，蕴宝怀珍虎视眈。
铸壁强军坚寸土，不教妖雾起东南。

诉 愿

二〇〇四年八月

狼吞虎噬百年殃，海峡同胞各一方。
遥盼金瓯圆复日，消熔铁甲铸桥梁。

秋　分

二〇〇四年九月二十三日

季入秋分桂满枝，闻香品蟹别生滋。
也当农户收粮日，颗粒归仓关键时。

长 江 三 峡

二〇〇四年九月

鄂西形胜路难开，高峡湍流猿啸哀。
今叹愚公筑巨坝，行舟发电任人裁。

合肥大学城（五首）

二〇〇四年十月

一

旷古谁闻大学城，眼前景物活生生。
庐阳万象更新日，一片西南雏凤声。

二

曾记踏青游远郊，兔藏荒野雉栖茅。
忽如一夜沧桑换，楼宇参差燕筑巢。

三

湖光山色共长天，磬苑①金秋分外妍。
更喜朝阳喷薄出，莘莘学子尽嫣然。

四

大雁领征头不回，路遥任重势情催。
春桃待有肥泥育，秋橘还须养分培。

五

正是中华跃进时，春风催笋涌参差。
人才基地广开拓，德学双馨盼大师。

【注释】

① 磬苑：位于合肥大学城的安徽大学新校区，因地形呈磬状，故取名为磬苑校区。

宁 夏 行 (六首)

二○○四年十月

青 铜 峡

天神剑劈青铜峡，千里黄河入海流。
喇嘛一百○八塔，驱灾消患护神州。

沙 湖

大漠怀揣一绿洲，湖光万顷贺兰收。
水禽出没芦苇荡，游客品尝大鱼头。

西 夏 王 陵

王陵坐落贺兰东，西夏存亡史料丰。
唐宋遗风昭若现，夏文汉字互交融。

腾格里沙漠

一路驱车霾雾稠，无边大漠百重丘。
临风跋涉十来米，已是黄沙落满头。

清 真 大 寺

殿堂礼拜把身修，共享文明织锦绸。
回汉一家邦国固，中华统合贯千秋。

河 套 行

草无踪影走沙丘，万古黄河欲断流。
生态警钟如霹雳，声声贯耳使人忧。

感义务献血救危重病人

二○○四年十月十五日

一则新闻万腑牵，深宵献血竞争先。
人间彼此真关爱，生命之花绽满天。

惜 叹 医 风

二○○四年十一月

扶伤救死莫疑猜，人道本由天道来。
谁料医风逾日下，红包开路已成灾。

诗乡见闻

二〇〇四年十二月

园廊喜看作诗廊，绝唱篇篇耀紫光。
润绿滋红春笋发，蓼风阵阵奏新篁。

和承永诗兄赠诗

二〇〇四年十二月四日

围垦西湖倍苦辛，藤筐练就铁肩人。
时光易老心难老，夕照云天胜似春。

读《诗话拾趣》感致承永兄

二〇〇五年一月三日

诗话拾趣体裁鲜，侃古调今笑坦然。
不识君心真善美，安知世上有清泉。

西 气 东 输

二〇〇五年二月

天生地气失衡均，西部富饶东部贫。
今运神功通脉络，日输千里到淞申。

南 水 北 调

二〇〇五年三月

大江东去入汪洋，水往低流顺理章。
今日挥鞭天道改，北横千里灌禾粮。

赞养蜂专业户

二〇〇五年四月

专心放护小精灵，螫满全身蜜酿成。
不忍千针万刺苦，哪能一路伴春行？

偶　　感

二〇〇五年四月

社稷兴衰类自然，优胜劣汰莫尤天。
荒山乏力草花瘦，腐弊猖狂国运煎。

深 夜 闻 雨

二〇〇五年五月

愁自花蔫草木呻，喜闻夜雨涤污尘。
天公有意清寰宇，岂许人间自毁春？

鉴 师
二○○五年七月

为师自古受人尊，育李培桃报国恩。
岂可熏心淆义利，一身铜臭作钱孙。

尔曹何苦
二○○五年九月

来时无挂去时空，善始不难难善终。
何苦见财趋若鹜，以身尝试坐牢功。

纪念收复台湾六十周年（二首）
二○○五年九月

一

战败倭魔废马关，雄鸡唱凯复台湾。
金瓯初满瞳瞳日，两岸同胞喜泪潸。

二

大江东去浩荡荡，虾蟹横行必覆亡。
忘祖挟洋非正道，山河一统是沧桑。

六十寄怀

二〇〇五年十月八日

六秩风帆损若鳞，难逾苦海识艰辛。
壮怀空许移山志，留待儿孙接力拼。

农家秋日

二〇〇五年十月

秋日煌煌五谷干，归仓粒粒苦中欢。
千家万户挑粮卖，不值公销一席餐。

烟 酒 谣

二〇〇五年十月

抽好烟人烟不断，饮名酒者酒常增。
问询此物来何处，尽自楼台最底层。

屠鸡咒语

二〇〇五年十二月

小鸡莫怪断魂刀，你本人间一菜肴。
来世投胎鹦鹉类，许成宠物伴阿娇。

街头感赋

二〇〇六年二月

下岗工人倍苦辛，坐台小姐负青春。
权官一席万元掷，累杀街头纳税人。

鸟儿须知

二〇〇六年三月

娇鸟随心乱跳枝，歌喉婉转令人痴。
要知何日天罗现，许是春风得意时。

清明有话

二〇〇六年四月

每到清明野火稠，儿孙祭祖逐风头。
何劳尽孝忙烧纸，莫叫生前衣饭愁。

的哥风范

二〇〇六年五月

数万元钱车上丢，为寻失主满城求。
拾遗试出真金玉，怒放香葩沁九州。

刀　诉

二〇〇六年七月

犹记当年斩乱麻，得心应手主人夸。
如今多日不磨刃，叫我如何切菜瓜？

青藏铁路通车感赋

二〇〇六年七月

钻山跨涧路三千，大漠雪原一线牵。
从此神龙来往疾，藏疆日日展新篇。

新 村 见 实

二〇〇六年八月

村头绿树宿娇莺，朝夕欢啼恰恰声。
家雀成双忙觅食，相离咫尺伴人行。

煮　鱼

二〇〇六年九月

昨日池塘自在游，今宵饭馆作珍馐。
为吞诱饵凭身试，莫怨油锅情不留。

毒　蛇

二〇〇六年十月

阴阳变色善乔装，欲壑难填血口张。
猎物生吞白骨吐，留下金圆满腹腔。

竹枝词二首

二〇〇六年十一月

一

打鼓敲锣演双簧，工程项目择包方。
招标一幅遮羞布，了却奸情多少桩。

二

金圆炮弹最无情，落马英雄党义烹。
二奶豪车加别墅，尽从官贾袖中成。

不　粘　锅

二〇〇七年三月

此锅当比别锅真，烧炒菜肴滋味醇。
一任油煎与火烤，也能荤素不粘身。

麻　将

二〇〇七年四月

麻将灵光铁甲穿，污肝浊肺扫描全。
口如蜜罐称兄弟，心似秤钩裁两钱。

无　题

二〇〇七年六月

王婆老朽眼昏盲，直把茅棚作殿堂。
无蛋母鸡巢里卧，原非凤种也称凰。

芳　邻

二〇〇七年九月

一墙隔耳不隔音，门户对开鸡犬亲。
除去心魔诚信致，安居处处有芳邻。

观动画片《齐天大圣》偶得

二〇〇七年十月

猴王设宴庆登基，狗肉羊头共釜炊。
满洞猢狲不论味，酒囊饭袋自相欺。

谏　官

二〇〇七年十一月

穷乡苦楚令人悲，怎与升平相合宜？
我谏权官多务实，当家莫要吹牛皮。

吹　箫

二〇〇七年十二月

子晋成仙未费磨，持根紫竹向天歌。
如今此道多人识，学会吹箫好过河。

乘车遇年轻人让座感怀（新韵）

二〇〇七年十二月

一朝羞愧受人尊，唤起儿时敬老心。
百岁人生也感短，欲栽芳草应争分。

读报有感

二〇〇八年二月

传闻乐土在西天，地长黄金水长钱。
梦发洋财偷渡去，归来不语泪潸然。

农 家 乐
二〇〇八年六月

满园蔬果沁农家，架上番茄地上瓜。
挎篓提篮小两口，声声问子爱尝啥。

旱 象
二〇〇八年七月

烈日当头二暑连，千丘万壑起尘烟。
雷公竭力唤时雨，四面层云自在眠。

扫 黄
二〇〇八年十月

黄魔作祟肆横行，沾染青红设陷坑。
火眼金睛征腐恶，蛇神牛鬼哭长缨。

感钢铁年产超两亿吨
二〇〇九年二月

曾记一千零七万，砸锅化铁断炊粮。
如今两亿鳌头占，举国铿锵跨小康。

初　春

二○○九年三月

三月春寒嫩叶稀，枝头饥鸟诉无依。
和风忽自日边起，飞向青山不复归。

游巢湖姥山

二○○九年四月

九岭三山一塔昂，亦湾亦港水中央。
巨犀沐浴湖心卧，褪去灰袍着翠装。

随　笔

二○○九年五月

少年嘲父不如我，代数几何皆外行。
今日打开因特网，儿孙笑我是科盲。

现　形　记

二○○九年六月

幽幽晃动似乌纱，口若悬河高调哗。
开启门窗凭白日，惊瞧是只大乌鸦。

感免交农业税

二〇〇九年十月

特大新闻传四方，农耕免税破天荒。
登梅喜鹊喳喳乐，亿万乡民笑口张。

诗 论 五 首

二〇〇九年十一月

一

李杜诗篇千载传，至今勤读仍新鲜。
人文价值连域国，韵味无穷动地天。

二

韵律形成与世长，源泉点滴化琼浆。
苦吟终得惊人语，口吐珍珠带异香。

三

推敲提炼倍伤神，力致文风雅俗亲。
喜得新词尤恰意，生花妙笔点龙鳞。

四

比兴并用神来笔，文采斑斓朗朗吟。
意境交融源肺腑，天灵感悟撼人心。

五

适之^①白话入诗门，可惜时风不与尊。

今日反思收益广，亲民接地铸诗魂。

【注释】

① 胡适（1891—1962），字适之，汉族，安徽绩溪人，因提倡文学改良而成为新文化运动的领袖之一。胡适最先提倡白话文，主张用白话文写诗，并为此进行了有益的探索。

赏梅纪念毛公
诞辰一百一十六周年

二〇〇九年十二月二十六日

君爱梅花民爱君，君民碧血沃花魂。

此花已化十三亿，一树枝头一感恩。

春 日 观 鸟

二〇一〇年三月

春光乐坏白头翁，理羽欢啼雌伴雄。

如若人间真有爱，何将宠鸟锁笼中？

蜡　炬

二〇一〇年三月

未辞力薄辉芒短，千载燃烧照宇寰。

今日甘居第二线，扶持电帅补空间。

嗜　酒

二〇一〇年三月

贪杯嗜酒醉称王，心事常因国事伤。
梦里犹闻海怪叫，倚天抽剑斩豺狼。

咏物六首

二〇一〇年四月

手　机

精巧机关握掌中，聪明拇指胜飞鸿。
思君不见常相见，息息声声万语通。

电　视

小小荧屏画面真，宏观宇宙微观尘。
妇孺闭户知天下，老辣秀才通似神。

空　调

暑夏寒冬大练功，与天奋斗乐无穷。
一心只为炎凉解，送给万家春意融。

洗　衣　机

腹外便便腹内空，身怀绝活智能聪。
洗衣洁被平生快，万户千家做义工。

电 冰 箱

辛勤工作热心肠，忍受冰霜满腹腔。
荤素贮存防腐变，与人美食保安康。

吸 尘 器

闲待角落不争风，只到用时显神通。
扫地除尘为己任，庭堂环卫立头功。

上　网

二〇一〇年五月

一网开通便驾云，天涯处处有新闻。
邀您万里来相会，眨眼工夫喜见君。

荷 塘 漫 兴

二〇一〇年八月

盈盈出水溢清香，一发难收霸满塘。
不是基泥滋养分，何来菡萏压群芳？

阿猫告状记

二〇一〇年十一月

阿猫状告鼠偷油，堂上猫王怒不休。
拍案转身丢袖去，惊瞧油尾大如牛。

权 利 谣

二〇一一年二月

权柄犹如聚宝盆，乌纱一顶价千金。
蚊蝇蛭蟥争肥位，吸血吮膏牛马吟。

乡 情

二〇一一年四月五日

清明漫步故园田，地貌村容俱变迁。
少妇呼爷多不识，落牙亲友话童年。

布 谷 鸟

二〇一一年四月二十一日

谷雨子规昼夜啼，声声催得麦蔬肥。
问君勤快何如此，物候天时不可违。

某 公 为 官

二〇一一年五月

凭杯把酒戏婵娟，聚物敛财祈大仙。
百姓饥寒浑不顾，一心只讨上司欢。

人　生

二〇一一年七月

无蛀树身不惧风，清高庙宇鼓声洪。
灵魂守道常知耻，快乐人生两袖空。

变　色　龙

二〇一一年八月

变色伪装多有图，攻防兼备应时需。
舌尖捕食快如剑，得手皆因猎物愚。

孙悟空成佛

二〇一一年十月

脱去金箍正果成，锋芒棱角尽磨平。
沉眸合掌南无念，从此虚称大圣名。

夕阳即兴

二〇一一年十一月

岁至霜天始入冬，吾逢花甲耳尤聪。
无人不爱夕阳美，为有余光染地红。

暖冬乍寒

二〇一一年十二月

异常气候乐生忧，冬令迟迟不送秋。
忽起北风摧落叶，更衣闭户御寒流。

铁　锭

二〇一二年三月九日

铁锭无端弃一旁，任人踩踏反生光。
有朝或复投炉火，转化生机始变钢。

佛祖留言

二〇一二年五月十二日

官廉民本道弘扬，社会和谐国运昌。
若是心中真有我，何须日日敬高香？

超　市

二〇一二年六月六日

平方万米物盈台，顾客摩肩自取来。
商品流通凭市场，无穷魅力广生财。

不忘七七

二〇一二年七月七日

七七枪声荡耳边，同胞碧血尚余鲜。
眼观神社幽灵现，警惕死灰重复燃。

观 马 戏

二〇一二年九月

虎滚熊翻狮举旗，一台马戏好新奇。
乖柔只为讨嗟食，唯命是从本性移。

赞刀枪不入者

二〇一二年十月

凡心未断欲魔猖，财是钢刀色是枪。
幸有刀枪不入者，堂堂为党增辉光。

感 史

二〇一二年十一月

冒死进言魏玄成，兵谏坐牢张汉卿。
忠义有疏当面奏，休行子胥掘王茔。

夜观月伴金星

二〇一二年十二月十三日

月容可掬伴长庚，万里清辉普太平。
纵有浮云时作障，微风为我送光明。

电视剧《苏东坡》观感（二首）

二〇一二年十二月

一

宦运难逢空具才，未酬壮志反招灾。
珍珠玉璧埋荒野，黄土白沙垒殿台。

二

蓬雀乌鸦拜凤窝，依山傍水各登科。
鸡鸣狗盗成时尚，宋室江山值几何？

圆梦之路（二首）

二〇一三年一月

一

千载神州一路先，百年失势跌深渊。
衣衫褴褛强梁劫，步履蹒跚水火煎。

二

风雷激荡百春秋，血沃山河未止休。
一展红旗天下赤，富民强国傲寰球。

史　鉴

二〇一三年三月

山姆大叔学农夫，卵翼僵蛇歹计图。
他日毒虫元气复，料温旧梦猎珍珠。

赏　月

二〇一三年九月十九日

秋逢望日守三更，玉宇光盘正满盈。
向使人心如此白，世间荣耻辨分明。

剃　须

二〇一三年十一月

激情岁月去无声，心底潜流波未平。
镜里儒生非昔比，霜须似草剪还生。

七 十 述 怀

二〇一三年十一月十日

人生七十不稀罕，回首经年信可圈。
尚有余能何吝惜，成全晚节见轩辕。

纪念《开罗宣言》七十周年（二首）

二〇一三年十二月一日

一

开罗会议定风标，寰宇安容野兽嚣。
历史凝成耻辱柱，倭魔罪孽世人昭。

二

霸权绥靖纵幽灵，狼狈为奸酿火星。
今祭宣言磨宝镜，照得妖怪现原形。

忆 逝 翁（三首）

二〇一三年十二月

一

怒斩贪官刘与张，刷新党纪振朝纲。
国人反腐祈天日，遥望京都纪念堂。

二

"务必"警钟鸣太空，贪官只当耳边风。
镇邪要仗倚天剑，反腐常须忆逝翁。

三

勃忽周期魔咒般，政权腐败乃凶顽。
斩凶破咒光阴迫，力举红旗奋闯关。

抹 黑 狂
二〇一四年三月

手持墨桶口摇唇，硬说涂鸦是革新。
欲抹参天一大树，已将自己黑全身。

鹧 鸪
二〇一四年五月

雨林初霁鸟无影，戏仿鹧鸪叫几声。
忽地飞来三四只，咕咕与我对啼鸣。

暮 春
二〇一五年四月

气候无常耍众生，天神变脸间阴晴。
温差一日经冬夏，棉袄单衣反复更。

春　辞

二〇一五年五月六日

忽作东风吹树斜，春辞无处不飞花。
千家万户齐相送，各扫门前脏乱差。

古稀忆母

二〇一五年七月二十六日

六十忧儿不果腹，肩挑红薯进城关。
一声家母寸肠断，相视双双泪水潸。

赠　乡　亲

二〇一五年八月

寸草依凭寸土生，春晖岁岁沐华荣。
风来雨去闯南北，念念不忘乡土情。

赠老同学

二〇一五年九月

一寸真情一寸金，一生缘分结知音。
高山流水清如许，不及同窗一片心。

双"十一"①口占

二〇一五年十一月十一日

哪管寒潮袭市头，四幺商战满街楼。
平常购物多巾帼，今日须眉占主流。

【注释】

① 双"十一"，指 11 月 11 日，因含四个一，民间戏称光棍节。

卷 二　心悟律诗集

《心悟律诗集》序

　　我和储兴武先生在合肥信息技术职业学院共事八年，相处感情融洽，友谊真挚。他是 1968 年南京大学法语专业本科毕业，分配到空军部队从事翻译工作，并被派往国外工作多年，后转业到安徽大学工作至退休。他自幼受党的教育，青年时期加入中国共产党，有较强的党性和坚定的信仰。平时听到或在网上看到否定马克思主义、攻击党的言论，总是摆事实、讲道理，予以严辞批驳。因此，在我的脑海中，觉得这个"老干部"不老，而且很不简单、很可爱、很值得敬重。

　　后来我才逐步知道，他还会写诗填词，并且还正正规规地出版过诗集。这就让我更加佩服。此次他又要出版《储兴武诗词集》，令我没想到，他要我为他的诗词集中《心悟律诗集》部分写个序。这大概是因为我爱好书法、诗词，又是学马列、教马列的，我们之间存在情感和语言相通的缘故吧。承蒙储先生信任，当不能推辞。

　　储老的诗，正如陶新民先生所说："他的作品是他思想感情、人生经历的记录，也是他对社会的思考和反映，丰富多彩，真切动人。"亦如庄严先生所言，"在继承传统和开拓创新两方面，都有不容忽视的自己的特色。"一是"为世、为事而作"，二是很好地处理了诗、情、艺三者的关系，使诗的创作，"达到抒情化、通俗化、生命化、人格化四者融为一体的高度"。

对于诗，我只是早时候从中小学语文老师那里初步知晓。律诗分五律和七律，五律是五个字一句，七律是七个字一句，但每首都是八句。至于其中的平仄格律要求，我是一头雾水。然而，在我看来，有生活情趣，有人生感悟，有思想境界的诗就是好诗，其中，思想境界最为重要。鉴于此，我就来粗略谈谈学习储老律诗的体会。

首先谈储老的律诗是有生活情趣的。

他写 1966 年学生大串联："同学结成队，红旗举领先。火车人满患，座底把身蜷。"他写 1969 年大学生接受"再教育"："泥泞挑重担，烈日抢秋收。周六常开会，斗私又批修。"他写 1988 年"叹菜篮子"："昨日价三分，今朝涨两角。无青爱女怨，全素娇儿吵。手把零钱数，口将公道讨。凑足一顿饭，几近心神老。"真是栩栩如生，情趣盎然，不仅我们这些"过来人"读来感到十分真切、亲切，就是"后来人"读来恐怕也如身临其境。在 1964 年 5 月所作的《登卧牛山观巢湖》一诗中，储先生以"艄翁惜子独摇橹，渔嫂疼夫自起帆"的佳句，形象而生动地表达了父惜子、妻疼夫的令人感动的暖暖亲情和浓浓情趣。

其次谈储老的律诗是有人生感悟的。

2015 年 6 月 1 日他写《相石》："精心评格调，中意看因缘。移置需求处，待开新洞天。"此诗以石比人，很有意境。人的格调高低，不在自我认识而在众人评论；人生是否"中意"，不在是否顺意而在有否"因缘"。2004 年 5 月他写《咏蚕》："春蚕丝尽日，生命辟新途。"抒发了春蚕虽然丝尽，并非是生命的尽头，而是开辟了新的生命旅途的积极人生态度。储老多次写《示儿女》诗，对儿女的谆谆教诲之言，实是自身对人生的深刻感悟。1987 年 10 月他写道："好高骛远收成寡，精益求精硕果多。粗铁成钢须百炼，毛坯变器要千磨。"
"大浪淘沙天意公，光阴似箭转时空。荣宗守道千秋训，报国
精忠百代崇。"真是情意切切、字字珍珠。

再次谈储老的律诗是有思想境界的。

从他诗中可以看出，储老自年轻始便树立远大志向，至老
仍然坚守。1979 年 8 月，他在《挚友重逢感赋》中写道："习
文练武丹心印，咏志抒怀壮语通。""从今敬业各南北，再见
疑成落齿翁。"1979 年 11 月写《自励》一首："男儿为国走天
涯，暮北朝南四海家。栈道披坚云外渡，雄峰解甲日西斜。宜
将乘勇争分秒，不可等闲嗜酒茶。莫叹今生春去也，精神抖擞
正风华。"直至 2014 年 10 月 2 日仍在《重阳登高咏怀》诗中
抒发了"徒劳霜鬓恨，未忘少年狂"豪情壮志。读来感人至
深，催人奋进。

从储老的诗中可以看出，他胸怀开阔，对工作历来就兢兢业
业、任劳任怨，办事既讲正气、公道，又充满人情味；不畏艰
辛、不计个人恩怨、不畏闲言碎语，从不怨天尤人，始终坚持
如一。写于 1985 年 6 月的《晨晓》一诗，直接表达了"琐细
公差须惜秒，繁忙家务要争分。怨天尤地非君子，励志图强应
自新"的胸怀。写于 1986 年 9 月的《登高自嘲》："心底浩然
怀大公，此身许与九州龙。少年恃勇敢头断，盛世图强悔腹
空。愿立高山学劲草，甘居小庙效萤虫。不思临水先得月，乐
在楼台两袖风。"突显了一位高洁公仆的情怀。1991 年 8 月，
他在《分房风波》中写道："盛夏分房起事端，各持己见肆哗
然。五人共榻情何忍，三代同堂理亦宽。据案循章难了断，徇
私枉法我为难。欲施无计问苍宇，寒士几时身可安？"充分表
达了作为一位主管分房的干部工作的困难、公正公平的心理以
及对"五人共榻""三代同堂"状况的无奈和对"寒士""安
身"的渴望，读来着实让人感动。2005 年 8 月，他在《暑日

感事》中写道："平生耿介腹怀禅，心底无魔敢对天。狗血喷头能涤垢，黑锅压背可磨肩。"这几句表达的不是"阿Q精神"，而是做人为事的博大胸怀。难能可贵。

从储老的诗中还可以看出他爱憎分明，嫉恶如仇，激浊扬清。《怪事》一诗写于1984年9月："闻道城南黑市嚣，今瞧怪事果蹊跷。真参冷落问津寡，假药热门反畅销。雷打三遭稍敛匿，风吹一阵又回潮。呜呼法制何时有，我劝国人莫自糟。"既表达了对"黑市""怪事"的强烈不满和忧虑，又表达了对法制的期盼和呼唤。1991年5月写了《某公写照》一诗："袖手旁观高耸肩，评头论足想当然。千桩仿佛人皆傻，百事似乎他独专。双目色盲唯黑白，一家管见怎周全。劝君休吐雌黄语，莫学井蛙强说天。"将他十分厌恶的"评头论足想当然"、信口雌黄的那种人的形象活脱脱地表现出来。在1992年11月写的《〈焦裕禄〉观后》："战天斗地呕心血，济困扶危尽鞠躬。公仆精神非自诩，君当无愧万民崇"和在1995年4月23日写的《祭孔繁森》："万木新天尽郁葱，寰球顶上傲青松。根扎雪域察凉热，情系高原普大公。总以真心匡党义，长将豪气正国风。人民公仆人民祭，醋死官僚与蠹虫。"诗句中，都真切而深刻地表达了作者对"公仆""公仆精神"的崇敬，对"济困扶危尽鞠躬""总以真心匡党义"高尚品格的敬仰之情。

储老的诗，充满着爱党爱国的深厚情怀。1971年8月1日，他在《感念》中写道："昔着学生服，今穿绿军装。……经逢大世面，倍感党恩长。"2004年6月2日，他在《归来学子赞》中以榴花之红赞归来学子之美，同时表达了对中华崛起的强烈愿望："凌云归飞疾，赤胆胜榴花。""榴花红六月，家国涌新潮。地阔凭麟跃，天高任凤飚。中华当崛起，强霸敢追超。再领风骚日，千钟犒俊豪。"1980年1月26日，在

《春节寄思台胞》诗中表达了"每逢佳节未能忘，隔岸寄思情意长。萁豆同根当互爱，齿唇共首莫相伤。回归祖国千秋美，顺应潮流万古芳。只等霓虹跨两岸，愿捐寸骨架桥梁。"的深厚情谊和炽烈期盼。2015 年 11 月 7 日，写《有感习马会》一首，抒发了"两岸筋连骨，一中同济舟。干戈化玉帛，高筑凌烟楼"的崇高情怀。2014 年 5 月写的《谢天》诗句："严规厉纪出中央，反腐肃贪风暴狂。长老正冠标示范，小僧照镜自疗伤。苍蝇老虎同时打，王八乌龟一网张。万众笑谈多快意，谢天只为国安康。"2014 年 9 月又写了《再谢天》："中南海上紫微明，反腐肃贪雷厉行。拍得苍蝇魂出窍，打将老虎命归茔。九州风貌容光焕，百姓掌声霹雳鸣。改革征途驱雾障，官风匡正社风清。"生动地表达了对党中央反腐肃贪、"拍蝇""打虎"的拥护赞誉，对"为国安康""官风匡正"的欢悦。

我认真读储老的诗，原是为了写序，但读着读着便受到感染、受到教育，因而，读储老的诗就成了一个学习的过程。学储老的生活情趣，学储老的人生感悟，学储老的思想境界。

确实，读储老的诗，受益匪浅。是为序。

钟玉海
2016 年 12 月于合肥

第一部分　五　律

春　咏

一九六四年四月

喜雨寅时过，朝来万里晴。
和风助燕舞，瑞气促花明。
学子勤攻卷，工农奋学兵。
叟童行不便，路有雷锋迎。

世　迁（新韵）

一九六五年十月于南京

见街头清洁工不畏寒暑，不惧风雨，终日辛苦，令人可敬可亲，特赋诗讴歌之。

惊雷震广宇，沧海复桑田。
朽木逢春雨，新花展素颜。
蚊蝇尽扫灭，牛马自扬鞭。
万事皆平等，行行出状元。

串 联 记

一九六六年十月四日

从今不读报，都去大串联。
同学结成队，红旗举领先。
火车人满患，座底把身蜷。
一路挨饥渴，昏沉不可眠。

接受再教育

一九六九年九月四日

听从再教育，军垦到霍邱。
连长为师友，士兵标率头。
泥泞挑重担，烈日抢秋收。
周六常开会，斗私又批修。

惊 蛰

一九七〇年三月六日

农年八九过，惊蛰待寒收。
积雪朝阳化，浮冰伴水流。
野花娇蕾绽，小麦嫩芽抽。
鸿雁归飞疾，春耕始运筹。

拉　　练（新韵）

一九七〇年十二月

始从八大处①，终至平型关②。
徒步千余里，行军月数天。
顶风爬雪岭，站岗御霜寒。
穿过飞沙障，农家炕上眠。

【注释】

① 八大处：地名，位于北京石景山区东北部西山支脉东麓的翠微、平坡、卢师山之间。

② 平型关：此处指平型关战役遗址，在山西灵丘县西桥沟一带，距古长城平型关约5千米。

感　　念

一九七一年八月一日

昔着学生服，今穿绿军装。
来回京兆里，往返战机旁。
广场标兵列，会堂勤务忙。
经逢大世面，倍感党恩长。

公 务 出 国

一九七二年三月

银鹰高展翅，万里行程遥。
白日山头出，红旗云上飚。
珠峰蜿似蜥，黑海渺如瓢。
山坳徐徐落，友邦情若潮。

天　坛（新韵）

一九七八年五月四日

帝王思祚安，求谷筑天坛。
宝顶祈年殿，皇穹神位龛。
登坛日月祭，面壁回音传。
雨顺风调后，民生更苦寒。

北 京 香 山

一九七八年十月二日

重峦叠翠嶂，碧水寺边流。
眼镜湖旁洞，香炉峰上楼。
双清统帅驻，昭庙班禅游。
醉在深秋里，红枫映九州。

长城八达岭游记三首（新韵）

一九七九年九月二十五日

一

喜往八达岭，飞驰御翠龙。
秋风拂爽面，丽日照晴空。
地阔千闾立，山重万木葱。
神州逢大治，处处展新容。

二

万里东西展，横空气势雄。
坚坚如铁壁，宛宛似铜虹。
瞭塔遗戈迹，雉堞烙弹踪。
中华不屈志，千古傲苍穹。

三

昂首城头立，北疆收眼中。
漫山林海碧，遍地景观宏。
四化驰飞马，九州乘大鹏。
炎黄夸后嗣，盘古愧无功。

中国女排奥运夺魁

一九八四年七月

夕破东瀛雾，今乘奥运风。
技高威万里，气浩盖千雄。
世界三连冠，炎黄一脉通。
五洲齐敬仰，《义勇》震长空。

俯 瞰 秦 川 (新韵)

一九八八年十月二十日

银鹰穿雾速，一跃别西安。
苍莽秦川土，依稀太华山。
路遥蛛网结，水远锦丝缠。
片片城乡影，浮云笼宇寰。

咏叹菜篮子 (新韵)

一九八八年十月

昨日价三分，今朝涨两角。
无青爱女怨，全素娇儿吵。
手把零钱数，口将公道讨。
凑足一顿饭，几近心神老。

横 渡 长 江

一九八九年十月七日

公务东行疾，赴鸠①重渡江。
风微波浪软，人静笛声扬。
远物笼轻雾，中天露半阳。
迂回缓靠岸，上下客流忙。

【注释】
① 鸠：芜湖古称鸠兹，简称鸠。

半 汤 温 泉

一九九〇年五月七日

巢湖九福地，万古半汤泉。
冷热双流涌，温和众眼绵。
饮之能保健，浴者可延年。
度假兼疗养，神州一洞天。

八 一 口 占 （新韵）

一九九四年八月一日

精英旗下聚，神勇振名威。
戍土披星月，攻关御雪雷。

临危盼子弟，遇险望军徽。
功载山河史，人人有口碑。

夏　晓
一九九五年七月九日

白头①惊晓梦，窗外始黎明。
操场扬音乐，庭园舞寿星。
群蝠归故穴，众鸟唱新城。
旭日姗姗露，人车急促行。

【注释】
① 白头：指白头翁鸟。此鸟清晨即在枝头鸣叫，声音
动听。

南京重游 (新韵)
一九九六年八月

平湖荷碧碧，曲岸柳阴阴。
犹记荒芜地，已成商业群。
楼巅尝海味，雾里品山珍。
昔日石头府，如今聚宝盆。

济南谒李清照纪念堂

一九九七年三月二十四日

清照多才女，惜逢世态凉。
文垂书画就，国破婿夫亡。
漱玉①称雄杰，金石②效霸王。
芳名传后世，来者痛肝肠。

【注释】

① 漱玉：李清照自幼能诗擅词，词风别具一格，善于白描手法，语言清丽，情辞委婉而又慷慨，堪称一代词杰，有《漱玉词》辑本留与后人。

② 金石：李清照早年与夫赵明诚共同致力于书画金石搜集整理，后又专于金石考证，协助其夫编著《金石录》一书，有金石霸王之志。

济南谒辛弃疾纪念祠（新韵）

一九九七年三月二十四日

齐鲁多豪俊，稼轩倍受尊。
平戎万里将，整顿乾坤臣。
词派异军起，文风浩气存。
愤抒长短句，犹似虎龙吟。

游褒禅山①

一九九九年九月

华山多胜景，十里纵横绵。
洞邃垂钟乳，水清潺涌泉。
怪石奇百态，古木旺千年。
壁载文公②记，催人奋向前。

【注释】

① 褒禅山：古称华山，又叫花山，位于安徽省含山县境内。

② 文公：王安石，北宋著名的思想家、政治家、文学家、改革家，死后谥号"文"，故世称王文公。王安石34岁时（公元1054年）辞去舒州通判，在回家的途中游览了褒禅山，三个月后写下了流传千古的名篇——《游褒禅山记》。现此山华阳洞前建有壁廊，将该游记刻于廊上供游客赏读。

咏 蚕

二〇〇四年五月

春蚕丝尽日，生命辟新途。
绸缎交千国，绫罗裹万姝。
终生一月许，惠世百年逾。
寸体家虫耳，几人能比乎？

归来学子赞

二〇〇四年六月二日

　　昨日在校园路旁石榴树下幸遇一位海外留学归来的学子，小叙。其言"学成归来，报效祖国"乃语之凿凿，理之堂堂，令人钦佩。又见满树榴花格外火红，遂浮想联翩，草得二首。

一

万古天涯路，孜孜汲露华。
风摧须发损，饥迫体肤赊。
富贵安移志？威淫不绽瑕。
凌云归飞疾，赤胆胜榴花。

二

榴花红六月，家国涌新潮。
地阔凭麟跃，天高任凤飚。
中华当崛起，强霸敢追超。
再领风骚日，千钟犒俊娆。

话说中山狼

二〇〇四年九月十六日

途穷不择路，涕泪乞书儒。
捧上九霄殿，许之七级屠。
囊中暂屏息，腹内闹咕噜。

一出凶形现，终归负义徒。

交易场偶感

二〇〇五年五月十日

物流凭市场，自古讲公平。
气浊人心乱，风清世道明。
缺斤因缺德，伤客即伤生。
等价彰天理，奸商不可行。

闹 元 宵

二〇〇六年二月十二日

又当正月半，万籁八音和。
玉宇银河转，瑶池宝镜挪。
金杯斟美酒，电视舞嫦娥。
喜庆全家福，元宵涨满锅。

校 园 独 步

二〇〇七年九月

晚凉消暑热，夕照落余晖。
蝙蝠离巢出，飞禽择木归。
球迷观比赛，恋侣互依偎。

老少楼前舞，强身又减肥。

清明上坟记

二〇〇八年四月

岁岁清明节，匆匆返故乡。
萋萋野草碧，阵阵菜花香。
济济宗亲聚，虔虔祭祖忙。
哀哀思考妣，默默隔阴阳。

台风之后

二〇一〇年八月

一阵云翻墨，台风渐息威。
雨声才远去，暑热复回归。
湖水泛波白，山光暮色晖。
蜻蜓不畏鸟，觅食满天飞。

蓼风颂
贺霍邱诗词学会成立四周年

二〇一一年十月

蓼乡风物灿，沃壤育奇株。
雪打芬芳蓄，春回叶脉苏。

妪翁怀宝玉，童子吐珍珠。
万感当今发，高歌世界殊。

忆 家 兄

二〇一二年五月十二日

兄弟四人堂，七旬唯我康。
灾年护老少，乱世孝爹娘。
亮节从家国，高风向故乡。
草花非贵卉，岁岁溢清香。

嫦娥三号落月感赋

二〇一三年十二月十四日

明月当空照，阴阳万古谜。
人间久有梦，地外探珍奇。
玉兔迎胞妹，嫦娥会小姨。
虹湾①相聚首，共举五星旗。

【注释】
① 虹湾：嫦娥三号落月地点。

读 史

二〇一四年九月

崎岖衣锦路，伪宦暗藏奸。

诺诺谋机遇，嘻嘻投靠山。
舅爷朝得道，姑表暮当班。
忽地风雷起，毁巢除佞顽。

重阳登高咏怀

二〇一四年十月二日

太空悬火镜，大地转炎凉。
春夏生机发，秋冬活力藏。
徒劳霜鬓恨，未忘少年狂。
今又登高处，闲情享夕阳。

空中花园赏咏（新韵）

二〇一五年五月十日

楼群栉比连，托起秀花园。
枇杷结黄果，蔷薇绽绿栏。
少儿修品性，老大养天年。
立体和谐美，人文胜自然。

登游宜兴横山水库

二〇一五年五月十六日

古稀何足惧，高坝奋攀缘。
滴翠千重岭，浮光万顷涟。

溢洪翻白浪，擂鼓震蓝天。
远客情无尽，笑谈鱼米川。

相　石
二〇一五年六月一日

疾行三百里，相石到山前。
大小呈无数，神形见万千。
精心评格调，中意看因缘。
移置需求处，定开新洞天。

有感习马会
二〇一五年十一月七日

习马狮城会，新闻炸五洲。
绿营兴逆浪，统党砥中流。
两岸筋连骨，一中同济舟。
干戈化玉帛，高筑凌烟楼①。

【注释】
① 凌烟楼，即凌烟阁。唐朝为表彰功臣，于皇宫内建凌
烟阁，绘功臣图像于阁内，供皇上缅怀，以示恩宠。这里借用
此典是想表明，谁对两岸和平统一有功，谁将永远受到国人的
崇敬和缅怀。

第二部分　七　律

登卧牛山观巢湖（新韵）①
一九六四年五月四日

牛龟饮罢戏湖滩，百里乡城傍水环。
白浪滔滔吞宇宙，孤峰隐隐舞云烟②。
艄翁惜子独摇橹，渔嫂疼夫自起帆。
日暮西天红胜火，江山尽染路人还。

【注释】

①　安徽巢湖市城内有座小山，形似卧牛，故名卧牛山。另该市西郊有座山，形似龟，伏湖滩饮水，故名龟山。

②　巢湖湖心有座孤岛，名姥山，距巢湖市约45千米，立卧牛山远眺隐约可见。

登紫金山（新韵）
一九六五年九月

同学结伴上钟山，一路笑声衣扣宽。
曲径两旁摘硕果，密林深处捕鸣蝉。

依峰赏够天文馆，凌顶望穿扬子天。
午后谒陵瞻国父，公心铸我效先贤。

寒　假 (新韵)

一九六六年二月

寒假回家过大年，亲朋好友互寒暄。
哥夸五弟德才备，嫂赞小叔文武全。
美语开怀神腼腆，琼浆醉腑意飘然。
醒来内感空如笋，面壁长思倍汗颜。

题 故 宫 (新韵)①

一九七〇年十月

五百余年三度更，神州运系紫禁城。
千间殿宇皇权势，万彩宫楼婢女图。
昔日黄袍威海内，今朝赤帜映天庭。
风云变幻观帷幄，新旧华灯示雨晴。

【注释】

① 故宫昔称紫禁城，明清两朝的皇宫，始建于明永乐四年（公元 1406 年），历经 24 位皇帝。新中国成立后，经大规模整修，为全国重点文物保护单位，现称故宫博物院。天安门原为紫禁城正门，1949 年 10 月 1 日毛泽东主席在此宣告中华人民共和国成立，其图形是中华人民共和国国徽的主要组成部分，从而成为新中国的象征。

题人民英雄纪念碑（新韵）

一九七一年十月

英雄就义血躯抛，历史丰碑万丈高。
三段祭文重泰岳，百年革命印浮雕。
红星灿烂辉华夏，白玉晶莹映汉霄。
不朽功勋昭后世，来人浩荡竞折腰。

叔侄同游明十三陵之定陵（新韵）①

一九七六年五月

　　有和侄伴婶来京，小憩数日。叔侄有机会一同游览定陵
"地下宫殿"。

　　　昌平天寿帝陵森，蟒虎眈眈守寝门。
　　　阳宇称王强统治，阴冥图霸暗施淫。
　　　皇宫座座阎罗殿，地狱层层奴隶坟。
　　　试看今朝天地换，千秋功罪示游人。

【注释】

　　① 明十三陵位于北京昌平区天寿山麓、方圆40平方千米
的小盆地上，整个陵区正门开在南端，蟒山、虎峪分别位于两
侧，犹如一龙一虎踞守大门。

纪念鲁迅逝世四十周年

一九七六年十月二十日

天翻地覆四十春，不朽英雄万众亲。
阿Q正传斥阿Q，狂人日记训狂人。
彷徨路口辨真伪，呐喊街头警世尘。
一首自嘲腾碧浪，万千孺子转辙轮。

休 假 还 乡 （新韵）

一九七六年十一月十三日

朝裹棉衣夕换单，日行千里故乡还。
披星戴月疾驰骋，跨水穿山奋向前。
东范西风承舜禹，南腔北调继黄炎。
归来倍感民生迫，万事悠悠待国安。

牡丹江之冬

一九七七年十二月

北国隆冬风似锥，云低雪碎日无晖。
田间黍豆收将尽，场上雀鸦轰不飞。
江畔皑皑冰面固，丘原莽莽路人稀。
纸糊窗外万家暖，和乐天伦共守依。

干校毕业

一九七七年十二月

半岁光阴似箭梭，迎新辞旧悔蹉跎。
才疏学浅负担重，智弱心高臆想多。
犹记攻书长撞鼓，适逢开路正鸣锣。
仰观同志皆先进，系履奋追攀陡坡。

读毛主席给陈毅同志
谈诗的一封信感赋

一九七八年二月

从来诗海旷无涯，今有愚氓试弄槎。
形象思维龙点目，比兴文法锦添花。
巴人下里源泉涌，白雪阳春艺苑华。
时代精神凝主调，民歌养料育奇葩。

颐和园游兴

一九七八年四月

莫道西宫是女流，一朝得势弄春秋。
草菅社稷凌军政，罔顾民生足己求。
万寿山中埋帝业，昆明湖里葬神州。
而今辟作观游处，长令国人忆耻仇。

五一游北海公园（新韵）

一九七八年五月一日

皇苑悠悠八百年，几回热闹几回闲。
琼华养育千龄树，白塔交辉万寿山。
昔日三宫醉殿宇，今朝百姓荡舟船。
喜逢胜日添新彩，漫步游观兴致酣。

北京动物园游记

一九七八年九月

生灵本性自然成，无奈园中苟且生。
怒目猫鹰诚恐惧，低头豺狗惹同情。
猴熊拱掌讨嗟食，驴马尥蹄争草棚。
狮虎扬威相对吼，憨牛自若对空鸣。

诵读战友赠诗即兴奉和

一九七九年九月四日

枫叶初红桂正香，诗童兴会赏华章。
山南水北扬文字，海阔天空论短长。
才气有机酬壮志，前程无量勿悲伤。
精雕细刻功垂就，石雉能成玉凤凰。

悼　母

一九七九年八月

鹏举高堂夸我娘，精忠报国诲儿郎。
任劳任怨伺三代，善始善终守五常。
噩耗惊魂心恸裂，慈容入梦泪滂滂。
从今誓继先妣志，四海为家当自强。

挚友重逢感赋（新韵）

一九七九年八月

叩拜钟山结玉朋，城西湖①上泛舟同。
习文练武丹心印，咏志抒怀壮语通。
梦度十年恨久别，醉酬一日喜重逢。
从今敬业各南北，再见疑成落齿翁。

【注释】

① 城西湖：安徽省霍邱县城以西。"文革"期间，部队曾在此围湖造田，成为军垦农场。作者于 1968 年底至 1970 年 4 月在此劳动锻炼。

京 郊 初 秋

一九七九年九月十九日

京都岁岁有金秋，郊外风光景更稠。

碧宇煌煌千象焕，青山历历万情收。
田间稻黍起橙浪，坝上木杨泛绿洲。
溪水潺潺流不尽，村童挽袖捕鱼鳅。

国庆三十周年感怀（二首）（新韵）

一九七九年九月

一

千年古域起黄尘，久病龙翁苟残身。
箭弩招来铁锁链，城头布满御林军。
荒原恶虎茹尸血，枯树凄鸦伴鬼魂。
魔爪①纵横四万日②，山河半壁惨沉沦。

二

春阳灿烂照寰中，玉女金童舞彩虹。
骏马乘风追日月，巨轮破浪斗蛟龙。
千山入画桃源秀，万水穿桥蜀道通。
拨雾驱云奔四化，人民处处是英雄。

【注释】

① 魔爪：喻作外国列强。

② 四万日：指从 1840 年鸦片战争至 1949 年中华人民共
和国成立这段历史，在这近 110 年里，中国受到帝国主义列强
的欺凌，逐步沦为一个半殖民地半封建的国家。

自　励

一九七九年十一月

男儿为国走天涯，暮北朝南四海家。
栈道披坚云外渡，雄峰解甲日西斜①。
宜将乘勇争分秒，不可等闲嗜酒茶。
莫叹今生春去也，精神抖擞正风华。

【注释】

① 披坚指参军入伍，解甲指退伍转业到地方工作。

庐剧《陷巢洲》观后感①

一九七九年十一月

焚身求雨玉姑慷，百里悲歌恸断肠。
千日天灾鸡狗绝，一朝人祸鬼狐猖。
白龙行道巢州陷，黄霸葬身魁怪亡。
世上恩仇终有报，民心自古是公堂。

【注释】

① 庐剧是皖中一带地方戏，又名倒七戏。传说古巢州府一带旱魃为虐，千日无雨。恶霸地主黄霸天勾结官府，借口献少女求雨大肆搜刮百姓。民女玉姑为救百姓，献身求雨，感动了白龙。白龙救玉姑、斗旱魃、降甘霖，触犯天条，被玉帝打入龙潭治罪。白龙一怒之下救百姓、陷巢州，将贪官、恶霸统统淹死。

别前寄语

一九七九年十一月

同志深交似弟兄，征文习字侃前程。
缘槐莫论乾坤事，坐井焉谈寰宇情。
烈火真金显本色，平川骏马逞豪英。
盼君快作丰年客，淝水之滨酒令行。

离京感怀

一九七九年十二月

气血方刚步履轻，十逢归燕旅京城。
风尘仆仆飞中外，汗水涓涓舍利名。
才遇惊雷识道貌，又逢暴雨见峥嵘。①
而今漫道从头越，起伏陂陀奋力行。

【注释】
① "惊雷" "暴雨" 系指林彪事件和 "四人帮" 事件。

春节寄思台胞

一九八〇年一月二十六日

每逢佳节未能忘，隔岸寄思情意长。
萁豆同根当互爱，齿唇共口莫相伤。
回归祖国千秋美，顺应潮流万古芳。
只等霓虹跨两岸，愿捐寸骨架桥梁。

国庆兴咏

一九八〇年十月一日

天生我辈欲何求，继往开来兴九州。
奋进疾如千里马，任劳耐似老黄牛。
为酬华夏腾飞志，应惜光阴争上游。
国运安康当自勇，置身十亿举鸿猷。

寒　夜

一九八二年一月

三九寒风夜袭棚，门前沟水渐无声。
挑灯温故思维动，破卷求新事理明。
落发年华心有悸，添纹岁月志难平。
耳闻妻小鼾声起，束紧棉衣度子更。

赞文明礼貌月

一九八二年三月

三月晴空绽彩霞，春风送暖古川华。
全民普种康宁树，众手同浇极乐花。
军地争扬真善美，城乡尽扫脏乱差。
精神物质双飞翼，两大文明传万家。

游逍遥津公园①

一九八二年五月一日

昔人图霸苦争淝，古冢遗尸了是非。
魏将挥刀抽水断，吴君纵马越桥归。
宾登岛榭饮云雾②，客戏舟船入翠微。
仰望气球高百丈，心随五彩自由飞。

【注释】

① 逍遥津位于合肥市，古为淝水上的渡口。《三国演义》
中"张辽威震逍遥津"的故事便发生在此。新中国成立后辟
为公园，内有湖，湖中有小岛及湖心亭，张辽衣冠冢在此。

② 云雾：安徽名茶，产于黄山一带。

读 史 书（新韵）

一九八二年八月

乱世争雄鼙鼓喧，龙蛇虎豹斗中原。
骊山台上烽烟滚，玄武门前剑影寒。
吕氏遭诛吞苦果，岳公问斩酿奇冤。
金銮改姓如走马，唯有人民头顶天。

九 九 天

一九八三年三月

昨夜江山九九终，今朝梅女嫁春风。
千层锦幛山连水，万里新房绿伴红。
归燕开喉和百鸟，云鹰展翅竞千雄。
长江后浪推前浪，破土新苗遍地葱。

郊 外 春 游 （新韵）

一九八三年四月

四月城郊草色青，乡姑衣锦并车行。
肥豚满栅牛羊唱，绿树遍坡鸡鸟鸣。
旧路弯曲多坎坷，新途宽阔畅通平。
爆竹阵阵结鸾凤，槐下翁童戏彩灯。

春 兴

一九八三年四月

芳草萋萋绿渐盈，江淮两岸暖风清。
城乡并茂千花放，水陆齐昌万马鸣。
任重能裁愚叟力，路遥可鉴老童贞。
满园学子皆新秀，岂许旁观妒后生。

寄语七九级毕业生

一九八三年七月

花放花凋绿转黄，攻科破卷就专长。
新苗得雨叶尤茂，归燕逢春歌更扬。
玉宇三光尽闪耀，神州四化正繁忙。
无边大海凭鱼跃，搏浪乘风试比强。

登 泰 山 记

一九八三年八月十七日

山回路转到中天，攀上云梯万丈悬。
踏破摩空①邀宇宙，登临霄殿瞰人烟。
云铺鲁地青峦渺，日照齐川黄水蜒。
汉表唐书②皆尽赏，归乘索道乐如仙。

【注释】

①"摩空"指南天门，位于泰山盘道尽处，建于元中统五年（公元1246年），门额有"摩空阁"三字。"霄殿"指玉皇殿，人称凌霄宝殿，建于泰山极顶，故泰山之巅被称作"玉皇顶"。

②"汉表"指立在玉皇殿门外的长方形无字石表，历史学家考证为汉武帝或汉章帝东封泰山时所立。"唐书"指唐开元十四年（公元726年）玄宗李隆基祭封泰山时所书的《纪泰山铭》摩崖石刻。

雪　后

一九八四年一月

忽如一夜全城白，唧唧门前宿鸟哀。
千栋楼房戴絮帽，万株树木长银苔。
街传锹铲唰唰响，路现班车缓缓来。
午后云消穹宇碧，艳阳高照净尘埃。

观　灯（新韵）

一九八四年二月十六日

兴味无穷不畏寒，观灯赏彩欲争先。
黄梅喜唱夫妻会，花鼓频传儿女缘。
旧岁吉祥双凤舞，新年如意二龙盘。
归来夜半难安歇，笑语欢歌梦里还。

春　望（新韵）

一九八四年三月

草木枯荣一岁迁，乳驹肥壮长成年。
九旬老太堂前坐，五尺黄童门外闲。
阳宇春风始送暖，阴山冬雪尚余寒。
莫言高处红旗渺，万里航行可指南。

梦中游月

一九八四年九月

飞船直上刺苍穹，信步神游入月宫。
居士遗株未觅得，唐皇仪仗溯无踪[①]。
园荒壁破嫦娥泣，桂谢酒干樵叟聋。
不见天堂何处有，怅然回返意心空。

【注释】

① 白居易《东城桂》诗中有"月宫幸有闲田地，何不中央种两株？"的诗句。又传说唐玄宗梦游月宫，诸仙娱予以上清之乐，嘹亮清越，非人间所闻。想必欢迎仪仗非常宏大壮观（郑綮《开天传信记》）。

怪　事（新韵）

一九八四年九月

闻道城南黑市嚣，今瞧怪事果蹊跷。
真参冷落问津寡，假药热门反畅销。
雷打三遭稍敛匿，风吹一阵又回潮。
呜呼法制何时有，我劝国人莫自糟。

夜书公文（新韵）

一九八四年十月十四日

松影渐移月半圆，挑灯走笔写书函。
草中蟋蟀哨音婉，床上娇儿呓语绵。
茶重能消思绪困，衣单未感夜风寒。
文辞措就怀方寸，伏案朦胧渐入眠。

巢湖姥山游①

一九八五年四月六日

龙颜大怒陷巢州，圣女望孤长举头。
浪打船移天地转，波平岸近雾帘收。
三山跌宕披锦绣，九岭逶迤砥中流。
宝塔登凌极目览，一方明镜照千秋。

【注释】

① 姥山，又名圣女山，巢湖湖心小岛，相传白龙陷巢州为湖，有焦姥登此山避水，故名。姥山距巢湖市城西约45千米，长1210米，宽710米，面积0.86平方千米。岛上三山九峰，巍峨秀丽，林木茂密。山上有望湖塔，建于明崇祯年间，高51米，共七层。登塔环视巢湖，万顷波涛，水天一色，泛舟观山，犹如中流砥柱，别具一格。

题山海关（新韵）

一九八五年五月

世称天下第一关，渤海依斯锁燕山。
背靠中原母子眷，眼观北塞肚肠牵。
战缨早朽绝飞羽①，铁马争鸣和凤鸾。
更立城头看世界，榆门②内外共桃源。

【注释】

① 飞羽：古人用弓箭射羽毛，以传战书，故称飞羽。

② 榆门：指山海关，因山海关又称榆关。

题姜女庙（新韵）①

一九八五年五月

一声悲号哭夫君，千载流言怨恨秦。
名载山崖传后代，身居寺庙诉来人。
风驰大地江山换，日照苍天世宇新。
烈女忠贞诚可泣，长城永续舜尧根。

【注释】

① 孟姜女庙位于河北秦皇岛市山海关区，又名贞女祠，始建于宋代以前。孟姜女哭长城的故事，在我国民间广为流传，谓孟姜女因夫婿被征修筑长城，万里寻夫送去寒衣，后得悉夫已劳瘁而死，痛哭不止，长城为之倾倒，自己亦投海而死。

北戴河游记（新韵）

一九八五年五月

茫茫白浪卷天缘，不尽波涛拍岸边。
百景装成极乐世，一峰①擎起玉皇天。
花盈海市迎宾客，树掩山城避暑寒。
更喜水滨鹰虎斗②，怡然十里醉神仙。

【注释】

① 一峰：碣石山，南距渤海约 15 千米，主峰仙台顶海拔约 695 米，古今观海胜地，游人登顶，有身临霄汉之感。

② 鹰虎斗：鹰指鹰角亭，位于北戴河海滨东北端，兀立岸边，形似雄鹰屹立，是北戴河海滨二十四景之一。虎指老虎石，位于北戴河海滨中部海滩，巨石延伸入海，形如群虎盘踞，同属北戴河海滨二十四景之一。

北京重游（新韵）

一九八五年五月二十四日

当年老路何处寻？但见高楼耸入云。
古邑庄严新貌展，新区雅秀古风存。
无边广场花如锦，不尽长街车若鳞。
盛世难逢今又是，五年胜过二十春①。

【注释】

① 北京自 1959 年建成十大建筑之后至 1979 年，20 年城市面貌变化不大。然自 1979 年底作者离开后，5 年之内，北

京变化的范围和程度大大超过了过去 20 年，令人惊叹。

晨　晓（新韵）
一九八五年六月

梦里惊闻晓号音，起身漫步后园林。
舒胸展臂抖熊体，拭目清喉壮虎神。
琐细公差须惜秒，繁忙家务要争分。
怨天尤地非君子，励志图强应自新。

四十怀感（新韵）
一九八五年八月八日

余生少小喜逢春，慕斗追星大义存。
脉象沉浮连国运，心潮起落系民魂。
满腔碧血长翻滚，半辈青山奋垦耘。
今日兴游牛渚畔，不由遥忆谢将军。

钟　声
一九八五年十月

浪卷江头水势泓，风骚接力涌新英。
神童脱口惊先斗，智叟提毫畏后生。
宜借钟声催健步，休持阔论钓虚名。
躬身常作茅庐客，路有良师伴我行。

寄侄

一九八五年十一月

　　华发侄自皖南农学院来信，叙述大学生活体会，并赋诗
一首，畅抒报效祖国、耀祖荣宗之壮志，特和诗一首寄嘱。
少小悲伤孤苦童，随风飘转落河东。
莫忘故祖萌身地，当记后师抚育功。
门第生辉辉寸土，乾坤放彩彩无穷。
须知坎坷寻常事，志士征途山水重。

夜　思

一九八六年四月

皓月当空不夜川，大江滚滚破春眠。
无暇之日精神满，有道之年意境鲜。
国运昌隆观念转，民生康泰面容妍。
征舟劲发须忘我，化作轻桡击水天。

游包公祠感怀（新韵）①

一九八六年六月一日

一桥径渡香花墩，细柳轻扬两岸阴。
红藕绿浓澄水影，廉泉清澈照秋分。

龙图怒目昭天理，府尹横眉斗鬼神。

留有三铡警后世，法网恢恢示来人。

【注释】

① 包公祠，位于安徽省合肥市包河公园香花墩，是纪念北宋包拯的专祠，始建于明弘治年间，现存建筑为清光绪八年（1882 年）和 1946 年重修。20 世纪 80 年代又进行了重修和扩建。祠周包河，生红花藕，传言藕内无丝，谐音"无私"。祠旁有亭，亭内有井，名廉泉，相传贪官污吏不敢饮此水。民间以此传言颂扬包拯为官清廉，铁面无私。

搏　暑（新韵）

一九八六年八月

江天热浪似笼蒸，日理繁机汗未停。

贪逸图安双腿重，除私却畏一身轻。

园荒无路拓通径，地阔少茵修草坪。

安敢妄言填海志，愿当精卫小工兵。

登高自嘲（新韵）

一九八六年九月

心底浩然怀大公，此身许与九州龙。

少年恃勇敢头断，盛世图强悔腹空。

愿立高山学劲草，甘居小庙效萤虫。

不思近水先得月，乐在楼台两袖风。

晓　雾（新韵）

一九八六年十月

往日朝阳早映帘，今晨何故不开天？
推窗露重铁栏冷，逾槛霾浓木槿寒。
混沌江山一笼统，依稀宇宙尽茫然！
来人相近难相见，耳际蹡蹡脚步坚。

无题二首

一九八六年十一月

一

树欲安身风未停，静湖波起小潮生。
幼驹迷路四蹄乱，老马晕头两眼惊。
西域尘沙障日月，中原泾渭看分明。
耳闻敌阵鸣鼙鼓，岂可虚言说太平？

二

人猿分道劳为径，文野揖别物领先。
石凿巢居百世纪，刀耕火种数千年。
兴邦治国谈何易，革旧鼎新须克坚。
唯有恒心苦进取，万般如意古难全。

下　雪

一九八六年十二月

午日昏昏暮起风，冬云滚滚寒流冲。
萧萧玉豆洒江际，浩浩银花漫太空。
冻树难寻飞鸟影，冰途仍见路人匆。
归来拂去浑身絮，依火运筹明日工。

黄山览胜

一九八七年九月

横空立地望无巅，跋步云梯上九天。
斧劈千峰冲汉宇，刀裁万景饰华川。
奇松驾雾迎宾客，怪石腾云会道仙。
午后斜阳照北海，心迷妙境任流连。

登黄山始信峰（新韵）①

一九八七年九月

昔人到此醉扶琴，始信黄山胜五尊②。
拔地毫锥描日月，凌空宝剑刺天云。
精猴望海祈开泰，童子拜佛求化身。
更有苍松千古绝，龙姿虎态栩如真。

【注释】

① 始信峰位于黄山东部，海拔 1668 米。传一古人游山至

此，始信黄山美妙绝伦，故名。历史上常有文人雅士登此峰饱览山景，饮酒抚琴，故此峰又有琴台之称。

②五尊：指五岳，世人有"五岳归来不看山，黄山归来不看岳"之说。

电视剧《红楼梦》观感（新韵）

一九八七年六月

红楼梦语破天机，生死沉浮未足奇。
转斗移星全《好了》，离经叛道各东西。
犹闻玉黛盟山海，不见宝钗传嫁衣。
辩证逻辑统万物，区区人意岂相违！

买　菜

一九八七年六月

红绿黄橙色味香，人喧禽叫漫街坊。
货钱交易求公道，荤素择挑须考量。
四顾无暇难决意，一如既往莫彷徨。
归来儿女争相问，好者欢心厌者伤。

题扬州瘦西湖①

一九八七年十月

举世名城嵌玉勺，青山座底令金销。

垂杨情溢三河岸，芳草香飘五顶桥。

十里天颜包万象，一方国色纳千娇。

临台枕水观鱼戏，往返游人倦意消。

【注释】

① 因瘦西湖实为河，绕小金山而北，与杭州西湖相比，有一种清瘦秀丽的特色，故称瘦西湖。小金山是瘦西湖主要景点之一，清钱塘诗人汪沆有诗句"也是销金一锅子，故应唤作瘦西湖"。

示 儿 女（二首）

一九八七年十月

一

愚父少小徒费墨，空肠半辈悔蹉跎。

好高骛远收成寡，精益求精硕果多。

粗铁成钢须百炼，毛坯变器要千磨。

江山代有人才出，尔等自当争楷模。

二

大浪淘沙天意公，光阴似箭转时空。

荣宗守道千秋训，报国精忠百代崇。

立业方知岁月苦，当家始恨德才熊。

愿儿奋起从头越，遨海攀山路路通。

赴宴有感

一九八七年十二月

国人好客美名扬，九主一宾太荒唐。
过瘾猛抽烟化雾，恃强纵饮酒穿肠。
盘中海错流酸泪，桌上山珍淌苦浆。
难怪尽成豪爽汉，只缘不用解私囊。

书写对联感兴

一九八八年一月二十六日

大红门对畅抒怀，日月如梭春又来。
户户醇香沁肺腑，家家卤味溢楼台。
身难由己锁公务，情纵随心任我差。
眼底新潮齐涌动，赞歌高唱万花开。

早 春 赋

一九八八年三月五日

春早春迟本在天，眼前春早兆祥年。
返巢家燕空前喜，采蜜工蜂分外欢。
四海经营深展拓，五洲贸易广伸延。
布新除旧东风劲，国貌家颜岁岁鲜。

看西北防护林报道感（二首）

一九八八年八月

一

盘古开元失寸方，春风不度玉门墙。

千秋独有沙和土，万载唯余白与黄。

血溅辕门兵马乱，尘污战旆汉胡忙。

残生未老心先碎，日月凄凉天地苍。

二

红旗高展五星华，大漠造林治风沙。

碧毯无垠连广宇，青廊不尽到天涯。

黄龙东去不还复，紫雁西来长住家。

亿万愚公挥铁臂，开荒垦土种桑麻。

登庐山感赋（新韵）

一九八八年九月六日

路陡峰旋草木深，山门盛夏岭头春。

天生胜景夺人意，地起琼楼显匠心。

三会豪杰议党政，一堂文武论乾坤。

攀崖附壁凌巅览，左右高低面目真。

秦兵马俑观感

一九八八年十月

春秋冬夏两千年，无数英雄垂史篇。
赤县七分兵马乱，神州一统始皇眠。
江山易改裁功过，霸业难维付水烟。
喜看新天晴万里，奇观展现热空前。

清明游大蜀山瞻烈士陵园

一九九〇年四月五日

春色融融望蜀天，庐州碧宇水生烟。
依稀南北浩原绿，错落东西广厦绵。
戏语连珠无老少，花枝招展有霜年。
手持花束献英烈，问讯诸公可入眠？

兴游杭州西湖

一九九〇年四月

杭州怀抱水晶都，春晓长堤景色殊。
柳浪闻莺万物醒，三潭印月九天苏。
断桥桃韵迷佳丽，曲院荷姿醉锦姑。
但愿从今逢久治，来年处处有西湖。

感　事

一九九〇年六月二十六日

古来多少说红尘，遗憾至今难辨真。
树欲安身风卷叶，弓思匿迹箭伤人。
无心拔萃争春色，有意修园护草茵。
未见耕牛食腐鼠，何生猜忌学猫呻。

游九华山登天台①

一九九〇年七月

凌台极目势岩峣，越楚风光尽秀娆。
峰岭逶迤龙龟踞，城乡错落烟雾飘。
六菱亭外和云矗，一线天间与日聊。
更喜禅林重放彩，千尊活佛乐逍遥。

【注释】

① 天台峰为九华山极顶，立天台环顾，东有龙头峰（又
名青龙背），西有龙珠峰，北有天柱峰，峰如巨龟，顶有角，
直插云天。故用龙龟踞形容峰峦奇异和雄伟。

腊八偶得（新韵）

一九九一年一月二十三日

纵横南北转东西，操罢洋文理宿炊。
总以肥缺投妒眼，常猜富有暗藏机。

谁知四季补衣被，哪信三餐食素稀。
打肿脸皮居闹市，清寒不悔品无亏。

答探访者（新韵）

一九九一年四月三十日

甜言面奉意图啥？旨在堂倌笔下花。
有志当思多效力，无功勿望早摘瓜。
宣扬正气持公道，莫长歪风助狡黠。
自信良知终未灭，正人明眼岂容沙？

某公写照

一九九一年五月

袖手旁观高耸肩，评头论足想当然。
千桩仿佛人皆傻，百事似乎他独专。
双目色盲唯黑白，一家管见怎周全？
劝君休吐雌黄语，莫学井蛙强说天。

戏说怪事（新韵）

一九九一年六月

莽莽红尘无数奇，彪骁烈马受童欺。
一人能破百人胆，百物难敌一物稀。

赖狗多成堂上客，肥驴常诉腹中饥。
蛮牛秉性诚忠耿，风雨泥途仍奋蹄。

分 房 风 波

一九九一年八月

盛夏分房起事端，各持己见肆哗然。
五人共榻情何忍，三代同堂理亦宽。
据案循章难了断，徇私枉法我为难。
欲施无计问苍宇，寒士几时身可安？

感事兼答诤友问

一九九一年十月一日

非分之财手莫伸，微躯甘愿守清贫。
空囊拜佛潮无信，徒手求仙草不春。
未有摧心怜饿殍，安能切肤恤饥民。
从今许我评家国，愿为弱群长呐呻。

雪　　天（新韵）

一九九一年十二月

天上兴风扫玉叶，飘飘洒洒阳间泻。
寒流接踵催人老，冻水断流撑管裂。

工友加班灯火旺，顽童对仗衣衫热。
深宵煮酒聚一室，师傅做东咱做客。

随　　思

一九九二年四月

命运之舟破浪行，用非所学愧无成。
五年七品涂肝脑，四载房倌沽骂名。
应变唯求履公务，随机只为保安平。
男儿何惧劳筋骨，甘苦更生公仆情。

上海南浦大桥

一九九二年四月二十六日

申江春晓起银涛，隔断东西两岸遥。
鼓号相闻难往返，物资交换费辛劳。
一桥飞架霓虹落，两岸连通铁马嚎。
从此海城添羽翼，腾飞发力领风骚。

纪念延安文艺座谈会召开五十周年

一九九二年五月

雄鸡一唱启春晨，艺海文河万象新。
诸子应时齐展翼，群才乘运共驰鳞。

青山高亢颂英烈，赤水激昂诛鬼神。
今日百花争烂漫，何忧杂草暗栖身。

白 鸽 哀

一九九二年六月

白鸽自赏雪般装，常恨乌鸦黑又脏。
不怨清喉和韵寡，倒惊粗嗓应声长。
明枪暗箭轮番袭，败羽残翎到处藏。
九死悟明防身法，违心裹件黑衣裳。

参观侵华日军南京大屠杀纪念馆

一九九二年八月二十九日

白骨丛丛不忍观，倭魔暴戾罄书难。
民心涣散衣冠丧，国势衰微肢体残。
十恶屠夫当万剐，九泉冤魄慰长安。
鉴前师后凝心力，矢志中华复涅槃。

游 苏 州 城

一九九二年八月二十九日

誉满寰球千万家，小桥流水驶轻槎。
园林彼此各成色，寺塔参差尽显华。

文武潜心留笔墨，官豪刻意塑龙蛇。
江山依旧国风改，遍地游人笑饮茶。

无 锡 蠡 园（新韵）

一九九二年八月三十日

范郎佐越建功勋，隐伴浣姑湖上巡①。
风过花亭香溢路，水磨柳岸影驰纹。
满园竹翠迷骚客，百步廊怡锁丽人。
悦目赏心多往返，犹闻春景更销魂。

【注释】

① 相传春秋末年越国大夫范蠡功成身退，隐姓埋名，偕浣纱女西施泛舟五里湖上。五里湖为太湖的一部分，因范蠡隐居在此，故又称蠡湖。

纪念徽班进京二百周年（新韵）

一九九二年十月

徽剧奇葩展巨根，梨园京韵似龙吟。
文韬武略谋天下，忠谏佞谀斗古今。
历史融通传教义，人民陶冶长精神。
弘扬时代主旋律，国粹之音高入云。

秋　兴

一九九二年十月二十日

百事从头业务生，忙中不觉季时更。
门前落叶扫难尽，桌上呈文阅未清。
年度指标当赶紧，周期计划应完成。
涓涓细水会江海，托起龙舟万里行。

电影《焦裕禄》观后

一九九二年十一月

千年劣壤草难葱，风卷沙丘迷半空。
怅望乡亲离故井，悲闻茅屋哭饥童。
战天斗地呕心血，济困扶危尽鞠躬。
公仆精神非自诩，君当无愧万民崇。

国运浅议 (新韵)

一九九三年四月

座谈会上论亡兴，勃忽周期触目惊。
官场清浊关胜败，人心向背主阴晴。
天公地道民风正，水涨船高党誉增。
上下团结齐奋勉，江山铁打万年青。

游广德太极洞 （新韵）①

一九九三年五月二日

太极溶洞展逶迤，常与桂林相并提。
九宇轩宏转汉影，三光幽灿照宫迷。
乳石瑰玮神佛现，玉璧重叠鸟兽栖。
更见高层尤壮阔，黄山众景洞中移。

【注释】

① 太极洞距离安徽广德县城东北 35 千米，位于皖、浙、苏三省交界处，方圆十多平方千米。洞中有洞，洞洞相连，上下层叠，深邃无穷；大小乳石，或似神仙佛道，或似鸟兽鱼龟，或似棋盘钟磬，或似皇宫琼阁，千态万状，极为壮观，游客赞不绝口。故《中国石景》一书有"桂林山水，广德石洞"的评价。民间更称太极洞为"东方桂林，地下黄山"。

游琅琊山感赋

一九九三年九月

少年已诵琅琊记，今到此山情溢洋。
纵有醉翁八斗笔，未圆仙境七成光。
寺玲亭秀水流碧，林莽径深山野香。
最喜滁州人事好，齐心创业建家乡。

秋 望

一九九三年九月

秋后西山气色黄，暮鹰猎物起飞狂。
抓鸠捕燕任凌弱，逐鹿驱羊肆恃强。
老庙昏鸦嫌月暗，新楼啼鸟怨河殇。
门扉开敞防狼入，跃马操戈守祖疆。

生 日 口 占 （新韵）

一九九三年十月八日

旅途穷困却清高，常对青山觅舜尧。
趋祸避福担道义，弃长就短费辛劳。
朽衫漏体妻儿笑，破帽遮颜自我陶。
烁烁昳阳能热土，何愁半百奈无聊？

电视剧《唐明皇》观感

一九九三年十月

明皇文武盖天京，御宇开元享盛名。
海内承平安社稷，朝中兴旺任贤明。
乱纲乱政江山乱，倾国倾城帝业倾。
历史前车警后世，永昌之道戒淫生。

读《廉颇蔺相如列传》

一九九三年十月

一舌鸿儒抵万枪，相怀若谷将逞强。
鱼逢晨晓腾空跃，鸟度黄昏啼欲狂。
量小杯沉醉点滴，心宽路阔纵汪洋。
负荆请罪垂弘范，苟利国家同赴汤。

有感腐败乱象

一九九三年十一月

政风不洁助荒唐，病毒滋生腐败猖。
吸血蚊蝇笑卧室，食虫蛙鸟哭厨房。
蛇缠大树谋吞象，虎踞危坡称霸王。
试问苍天开眼否，何时执帚扫妖黄？

春 分 （新韵）

一九九四年三月二十一日

春分发动雨毛毛，梅绿桃红柳色娇。
淮上回鱼还故里，江天归燕筑新巢。
岁开首季风光灿，人到中年气宇豪。
血性男儿酬壮志，务须负重苦煎熬。

游齐云山（新韵）①

一九九四年五月十日

休宁②自古领风骚，因有齐云分外娆。
水界阴阳示宇宙，山擎日月照琼瑶。
天生钟鼓拥金阙，地拔香炉奉御朝。
道祖佛爷欣共处，同操乐土比功高。

【注释】

① 齐云山位于安徽省休宁县城西15千米，周百余里。山中奇峰幽谷，景色万千，历代雕刻佛像，道家绘画，各种碑记数以千百，成为佛道两教繁盛之地。

② 据记载，休宁县历史上出了19位状元，位居全国各县之首，素有"状元县"之称。

贺《汉语大词典》编纂出版

一九九四年五月十二日

洋洋巨典浩空前，华夏文明早领先。
梦想成真酬夙愿，忧伤化喜续康乾。
神州高耸炎黄树，世界涌流尧舜泉。
瑰宝辉煌传后世，更将发奋谱新篇。

赞叶乔波①

一九九四年六月

淑女豪情敢伐柯，飞驰冰上动长河。
雄心圆就升旗梦，壮志弘扬义勇歌。
身与国家荣辱共，心无自我祸福磋。
体坛骁将知无数，能比乔波有几多？

【注释】

① 叶乔波，中国女子速滑运动员。1979—1994 年，她共参加国内外速度滑冰比赛 34 次，获金牌 52 枚、银牌 36 枚、铜牌 12 枚，其中共获得 14 个世界冠军，包括全部女子 500 米速滑金牌，创造了世界冰坛的"大满贯"战绩；立一等功 3 次。1992 年 5 月 30 日，中华人民共和国中央军事委员会授予她"体坛尖兵"荣誉称号。1994 年，叶乔波带伤夺得第 17 届冬奥会女子 1000 米速滑铜牌。1994 年，叶乔波因伤退役，结束运动员生涯。

谒太白楼①

一九九四年六月二十六日

冒雨初瞻太白楼，肃然起敬慕无休。
仙翁早返九霄殿，绝唱长吟千古秋。
仰首尊前通会意，专心笔下悟风流。
一腔热血投乡土，爱我中华诗万筹。

【注释】

① 太白楼位于马鞍山市采石矶，又名谪仙楼、青莲祠，

是后人为纪念唐代大诗人李白而建造。

游长江采石矶①

一九九四年六月二十七日

巨螺披翠牧金牛，五彩悬崖拥渚丘。
捉月台前量汉界，观澜亭外揽江流。
文章荟萃传千古，矛槊消熔泯万仇。
虎跃龙腾闹两岸，山河重整起鸿猷。

【注释】

① 采石矶位于马鞍山市区西南 7 千米的翠螺山麓，原名牛渚矶，相传古时候有金牛出渚而得名，又因此处产五彩石，三国东吴时改其名为采石矶。

甲午战争百年祭（新韵）

一九九四年七月

甲午因何讳莫深？只缘奇辱痛人心。
内施弊政衣衫破，外患强权国土沉。
亿万黎元齐抗暴，万千将士共捐魂。
前朝侮史后朝鉴，重振山河洗耻痕。

乘车历行记（二首）（新韵）

一九九四年七月十九日

在 汽 车 上

途中揽客是非生，彼说违章此不平。
司长吝财难就范，路官渔利未消停。
姑忘公务远程迫，堪忍同胞烈日蒸？
无奈解囊来顶罪，有心惩恶力无能。

在 火 车 上

烈日炎炎窗半开，满车乘客挤成柴。
求生不易腰肠断，求死更难孺妇哀。
蔑视争席强制怒，欣瞧让座暗伤怀。
因之我欲化鹏翼，万里山河任往来。

千岛湖游记（二首）

一九九四年七月二十二日

途经新安江

秀岭平江逐路开，依山几现古城台。
翠姑踏水船头立，仙女乘风海上来。
忽见蛇游惊远客，频观鱼跳乐童孩。
毋劳雅士忙挥笔，更有奇观待尔裁。

畅游千岛湖

夏游千岛兴高昂，湖上热风枉自狂。
木棹奋将帆板过，铁舟自比竹舢强。
几番泊岸观蛇鸟，数度迂湾看水乡。
西子三千①皆艳丽，夕阳普照倍辉煌。

【注释】

① 西子三千：千岛湖人称有大小岛屿三千，皆因风光优美，被郭沫若誉为三千西子。

电视剧《包青天》观感

一九九四年六月

包拯为官憎爱扬，无私无畏正朝纲。
心怀百姓志除暴，民颂青天鬼骂娘。
褒贬无须人解说，是非自有理昭彰。
今期铁面来无数，反腐肃贪裁短长。

红 儿 来 信

一九九四年八月二日

红儿来信语深情，慈母开颜热泪盈。
最恼倔头驴犟性，何疼蜜口鬼精明。
当家始恨才能短，立事方忧岁月横。
体察至深言有理，人生万里重初行。

酷　　暑（新韵）

一九九四年八月四日

暑公怒火煮尘寰，汗水淋漓行路难。
少女含羞裸背浴，顽童耍赖赤身眠。
纷云极地氧层漏，众说全球气候迁。
杞人忧天遗笑柄，反思应作警言篇。

贺《中华诗词佳作选》编辑出版

一九九四年九月十六日

喜闻诗选上书台，名冠中华理应该。
各路同人多泰斗，群科诸子尽豪才。
情操崭露山峦秀，意境升华天幕开。
浩大文坛花荟萃，莫嫌储某慢姗来。

夜 市 一 瞥

一九九四年十月三日

晚霞初黯彩灯华，满目齐开不夜花。
十字街亭车似水，四牌广场客如麻。
舞迷乘兴踏轻曲，歌手欢娱唱卡拉。
最是游人宵市闹，饱尝风味又沏茶。

为"希望工程"题咏（新韵）

一九九四年十月十六日

华夏泱泱沃土深，千花万树竞芳芬。
和风丽日山川秀，细露甘泉景物殷。
幼骥健康龙马后，灵童聪慧舜尧根。
工程国策寄希望，一寸爱心一寸金。

贺《校园文学报》试刊①

一九九四年十二月一日

一卉别开朝气盈，满园雏燕竞啼鸣。
文章瑰丽书生意，笔墨飞扬赤子情。
气度震惊八皖地，锋芒撼动三姚城②。
老夫有幸开篇诵，字字犹闻后浪声。

【注释】

①《校园文学报》是由安徽大学学生会主办、校园内部刊发的报纸，作为大学生开展自我教育的一个尝试，得到校方和新闻报界的指导和扶持。

② 八皖地：指安徽大地。三姚城：指清代中晚期以姚鼐、姚范、姚莹为主要代表的散文派，即桐城派。

岁末述怀 （新韵）

一九九四年十二月

九十年代奏捷音，国貌家容日日新。
经济翻番惊百域，民生改善踏双轮①。
寰球赛场红旗冉，国际平台汉语频。
闻报"长征"腾广宇，又添喜讯泪沾襟。

【注释】

① 双轮：把改革开放比作两只轮子，驱动民生不断改善。

党校毕业 （新韵）

一九九四年十二月

两年又半苦读书，理论水平今昔殊。
唯物思维观世界，逻辑辩证解沉浮。
人烟浩海循规律，社会长河看主渠。
固本开源求进取，中国特色指通途。

后勤十佳表彰会 （新韵）

一九九五年一月

设奖评佳慰后勤，全堂工友长精神。
心田耿耿培桃李，汗水涓涓浸榜文。

启后当彰先进者，承先应励后来人。
喜看少壮多优秀，满目生机局面新。

悼傅工炉同志

一九九五年一月十四日

当年携手共迎宾，朝夕相商数度春。
党务行家显水准，外交里手掌经纶。
慈眉指点师情厚，细语传帮友谊真。
生死超然随鹤去，丹心一片励同人。

甲戌除夕晚会

一九九五年一月三十日

迎新晚会大联欢，万户荧屏共展妍。
歌舞戏文催泪下，相声小品笑肠穿。
天涯赤子遥祈福，海外宾朋远贺年。
老少人人春满面，泱泱华夏盛空前。

春 节 即 兴（新韵）

一九九五年二月一日

神州处处喜临门，地覆天翻举世钦。
浪起海边千港兀，潮袭大漠万城新。

人心喜悦畅言论，市场丰盈足米豚。
历史酸甜成对比，功归改革十七春。

中学老同学元宵节聚会感赋

一九九五年二月十四日

元宵万户蜡灯红，相约同窗我做东。
历史长河承历史，时空隧道转时空。
轶闻回忆童心健，趣事交流气氛融。
举酒开怀酬盛世，更期早日九州同。

火　坑

一九九五年二月

人际仕途皆火坑，诱君跳入葬终生。
羁缨遍地绊牛马，罗网漫天擒鸟莺。
梦上青云学狗叫，妄收明月仿鸡鸣。
机关算尽鬓毛损，路入黄泉负疚行。

祭孔繁森（新韵）

一九九五年四月二十三日

万木新天尽郁葱，寰球顶上傲青松。
根扎雪域察凉热，情系高原普大公。

总以真心匡党义，长将豪气正国风。
人民公仆人民祭，醋死官僚与蠹虫。

贺国手囊括第 43 届
世界乒乓球锦标赛七项冠军
一九九五年五月十四日

小小橘球神鬼般，须臾变幻丈方间。
直横逐鹿燃熊火，攻守擒龙度险关。
五彩连环百国转，七金联袂九州还。
健儿凯奏炎黄颂，长盛还须接力攀。

纪念抗日战争胜利五十周年（新韵）
一九九五年六月二日

海上阴霾压陆川，东瀛魔怪犯黄炎。
弥烟世界山河碎，涂炭生灵泪水干。
草木皆兵抗野寇，刀戈尽器杀凶顽。
今逢胜利五十载，喜看中华傲宇寰。

无　题（新韵）
一九九五年六月

年方半百似知天，望眼高抬视野宽。
海啸雷鸣闻域外，花明柳暗看乡关。

观人细致见肝胆，析事精深入木纤。
怎奈良心分爱恨，此生长怨糊涂难。

电视剧《中华之剑》观后感（新韵）

一九九五年七月二日

门户开封异彩鲜，百花丛里隐毒烟。
勾魂有术人成鬼，夺命无声尸骨寒。
牢记国仇犹未雪，岂容妖物又重还！
国民卫士皆神剑，金盾万钧除害顽。

话　妻（新韵）

一九九五年七月二十三日

青春未见饰朱颜，为便农活衣袖宽。
枯手蓬头风雨里，憔眉悴眼喜忧间。
荒年作母育孺子，乱世为媳尽孝贤。
今日时髦天有意，老来争俏戴金环。

时 事 评 论

一九九五年七月

树欲静兮风怒号，摧枝卷叶一时骚。
纵观天下左中右，横看寰球南北壕。
三界沉浮两霸破，五洲动荡七雄嗷①
东方龙子济沧海，化险为夷逐浪高。

【注释】

①"三界"指"三个世界"。1974 年 2 月 22 日，毛泽东在会见赞比亚总统卡翁达时第一次提出"三个世界"的理论，即美国和苏联是世界上两个超级大国，为第一世界，欧洲、加拿大、日本为第二世界，包括中国在内的发展中国家为第三世界。1991 年，苏联解体，国际形势变化很大，美苏两霸不复存在，世界上美国独大，但三个世界的基本格局仍然存在。"七雄"指西方七国首脑会议，由美国、英国、法国、德国、日本、意大利、加拿大七国为研究经济议题、政治议题和多元议题以协调各方政策而召开的首脑会议，简称 G7。

电视剧《武则天》观感

一九九五年八月

古今华夏史无双，一代风流钗凤妆。
克己伴君强落发，复周诛李勇称王。
政新才举江山治，刑酷狱兴天下惶。
无字石碑藏妙计，千秋功罪任人量。

立　秋

一九九五年八月八日

早出晚归尽因公，年过半程诸事匆。
二暑天天战热浪，三伏夜夜乞凉风。
鹅肥鸭胖雏鸡嫩，橘绿梨青大枣红。
喜怒忧伤常在酒，人生之旅味无穷。

五十初度

一九九五年十一月二十三日

纱帽缠头数十春，长年劳体更劳神。
奉公为尽匹夫责，克己多因家境贫。
款款纪纲尤励剑，沉沉使命倍催人。
拼光血气增山色，不负神州一子民。

拭 镜 吟

一九九五年十二月

本性愚顽笑煞人，偷闲拭镜也伤神。
秋来秋去经风雨，岁旧岁新茹苦辛。
衣带渐宽愁了得，斑纹骤显怨难泯。
管他半百猜花甲，不懈征途鼓号频。

警 惕 台 独

一九九六年三月十五日

盘古开天辟四方，海台两岸共炎黄。
风云变幻几沉陆，战火湮熄又弩张。
御外敢擒西域虎，保家应斩中山狼。
长缨欲请终军①在，捍我神州一统疆。

【注释】

① 终军，西汉人，曾奉命去说服南越王，并说"愿受长缨"，以表示完成使命的决心。长缨即拘系人的长绳子。

寒 春 兴 咏

一九九六年三月二十一日

九九蜀山笼雾烟，寒流冷雪妄回天。
云移南北暖风软，雨洒东西细水涓。
草木无边新叶淡，鹂莺到处好音绵。
反常本是寻常事，冬去春来势必然。

痛斥台独分子

一九九六年三月二十三日

台独分子肆横行，叛道离经谬论生。
为虎作伥殃列祖，挟洋自重毁文明。
神州故土岂容缺，宝岛惊雷会有声。
铁甲银鹰严阵待，期传号令效延平①。

【注释】

① 延平，指郑成功，明清之际收复台湾的爱国将领，曾被南明朝廷封为延平君王。

看电视剧《宰相刘罗锅》感赋（二首）

一九九六年四月

一

皇威浩荡扫夷平，文武承恩封爱卿。
恶吏千方谋己利，良臣百计护苍生。
一塘水鸟嘲孤雁，满苑鹧鸡学宠鹦。
善恶忠奸谁可鉴，民心似秤是非清。

二

同朝为吏不同名，欲辨忠奸先论行。
赤胆能将黑胆破，良臣不惧佞臣坑。
泥沾顶戴节节坠，金垒台阶步步平。
漫说前朝悲喜剧，几多重演令人惊。

赞"211"工程①

一九九六年四月二十六日

未忘江山百岁哀，神州奋起扫尘埃。
千冈沐雨红旗乱，万木逢春碧宇开。
科教兴邦定国策，知识建国待人才。
赶超先进当全力，世纪工程创未来。

【注释】

① "211"工程，指国家发展高等教育的一项战略工程，

即面向 21 世纪，建设一百所世界一流大学和一百门具有世界
领先水平的专业学科，简称"211"工程。

听读"九五"计划和 2010 年规划感赋（新韵）

一九九六年三月二十六日

三月春光映九天，京都国是议尤酣。
千城锦绣华灯放，万野花明彩浪翻。
宏愿初酬凝睿智，蓝图又绘跨雄关。
喜听规划心豪畅，憧憬如梭跃眼前。

清明祭奠福安亡兄（新韵）

一九九六年四月五日

风云不测祸灾飞，乙亥闰八日月灰。
雨打长亭不尽泪，魂游古道未知归。
荒年碧血染国色，乱世忠肝护党辉。
十指连心难忍痛，每逢家祭忆生悲。

季 春

一九九六年四月

日月开颜送我情，泱泱华夏荡歌笙。
暖风夜起春潮涌，喜雨朝来绿满城。

五岳参差千宇立，三江浩荡万舟行。
问他陶令今何去，览胜观光隐姓名。

秦淮河畔游

一九九六年四月

秦淮旧貌变新颜，画宇雕楼千百间。
酒肆茶坊笼紫气，梨园歌馆舞青鬟。
游人做客方言重，地导迎宾笑语潺。
遥想牧之观此景，忧伤顿却喜涟潸①。

【注释】

① 晚唐诗人杜牧，字牧之，写下绝句《夜泊秦淮》："烟笼寒水月笼沙，夜泊秦淮近酒家。商女不知亡国恨，隔江犹唱后庭花。"诗人通过夜泊秦淮所见所闻揭露晚唐统治集团沉溺声色，醉生梦死的腐朽生活，寄托自己忧国忧民的深沉感慨。

夏游佛子岭水库（新韵）

一九九六年六月六日

壁立山间淠水疏，青峰翠岭抱平湖。
雪喷万斗鸣雷鼓，澜涌双流展画图。
登堰鸢飞云日近，泛舟鱼跃地天浮。
临风远眺潜川碧，夕照粮仓悦目舒。

咏 "863" 工程（新韵）

一九九六年八月

科学老骥自扬鞭，谋划工程八六三。
众智运筹精布阵，群贤协力苦攻关。
立足当代赶先进，放眼未来攀顶巅。
开创中华新世纪，风骚再领九千年。

合肥五里墩立交桥（新韵）

一九九六年十月二十日

高架穿行五里墩，皖城起步赶超人。
登桥放眼空江际，俯首凭栏吊胆心。
马啸阡途出魏塞，龙吟陌道入吴云。
风流时代前无古，处处奇观泣鬼神。

咏 "百城万店无假货" 活动

一九九六年十一月

繁华世界众商营，鱼目混珠假货生。
火眼金睛描黑市，钢鞭铁帚扫污坑。
百城昌盛购销旺，万店兴隆买卖诚。
尚使清风永浩荡，还须岁岁警钟鸣。

母校南京大学谒怀

一九九六年十一月

远别春华入季秋，二十八载喜重游。
故楼留恋千徊步，宿木含情万点头。
师长欲呼忱不识，同窗离恨惜无由。
眼观新秀呈豪气，迈步匆匆逐大流。

岁末述怀（新韵）

一九九七年一月一日

九州万物共争鸣，百业俱兴国势增。
毛祖擎旗天日现，邓公挥手地金生。
车轮飞转通京九，火箭遨游探月星。
民族之林千树秀，炎黄傲立显神英。

冬 晨（新韵）

一九九七年一月

冬暖难逾三九关，北风一夜顿生寒。
柜中胎絮冷如雪，床上花猫卷似团。
马路轻车鸣大早，街坊小卖叫无闲。
谁家茶舍客盈座，时事新闻尽笑谈。

有感烤红薯 _(新韵)

一九九七年二月八日

青藤绿叶不争春，瘠壤沙田也立根。
茎块如拳呈硕果，玉肌脆嫩保真身。
惜遭陋铺投炉火，恰似豪门烤乳豚。
烂肉焦皮成等外，三文卖给解饥人。

春 日 登 高 _(新韵)

一九九七年三月二十日

昔上灰楼视野宽，今登绝顶穷目难。
摩天广厦笼轻雾，拔地高桥贯远端。
钢缆披红千起落，绿茵戴彩百盘桓。
为酬科技鲲鹏志，一座新城展大观。

再 游 北 京 _(新韵)

一九九七年四月

十年又二一肖环，面貌全新果斐然。
广厦连绵拓万顷，高桥交错绕千盘。
新村斗俏人心定，名胜重光盛事还。
儿女争瞻毛太祖，满堂祥瑞兆国安。

大学同窗重逢感怀（新韵）

一九九七年六月

二十七载指轻弹，往事如初顿复还。
文武双全英烈鉴，香兰并茂紫金妍①。
饮茶回味红尘险，遨海②寥尝人世欢。
但愿天长春不老，从容聚会有来年。

【注释】

① 此联意在夸赞几位相聚的老同学的才华、人品与容貌，表达自己对他们的仰慕之情，并暗含了他们的名字。

② 遨海：指同学一起游览南京市海洋公园。

喜迎香港回归

一九九七年六月

虎门怒火慨而慷，弊政丧权遗国殇。
金殿朽株甘苟且，荒原草木奋争强。
一轮华日照天际，万面红旗插海疆。
奇耻百年今扫去，明珠放彩庆还乡。

酬修文兄退休索诗之嘱

一九九七年十月

犹记当年同济舟，君兄与弟共筹谋。

军中履任飞轮手，学府荣膺铁马酋。
汗洒后勤培桃李，心操总务献霜秋。
而今挂甲豪情在，笔墨耕耘志趣稠。

巢湖紫薇洞[1]

一九九七年十月四日

洞门绿掩碧桃春，水径幽廊绕石宸。
太子废封藏匿处，庶民求道隐修身[2]。
摩崖众佛祈尘世，钟乳群猴拜圣亲。
今日浓妆霓彩艳，天工人意两相匀。

【注释】

① 紫薇洞位于巢湖市北五千米紫薇山下，有主洞和偏洞，主洞长达 1500 多米，是典型的地下河型洞穴，洞穴呈廊道状，以雄、奇、险、幽见长，两壁和顶部在暗河冲刷下形成一道道层纹，乳孔千百，造型各异，不假雕饰，自然壮观。偏洞内有石刻大佛像一座，无头小佛像七百二十八座。洞两端有宋绍圣二年、明嘉靖二十九年、清康熙三年的石刻，字迹至今清晰可辨。

② 相传周灵王太子晋，因直谏被废为庶人，来到此处修道炼丹，后得道成仙。

往　事

一九九七年十月二十五日

忆昔金陵岁韶华，同窗三载唱天涯。

二更温课星依月，子夜织衣血染纱。
索别凝思眉锁雾，相逢含笑目生花。
只缘不负青梅约，忍让江流没爱槎。

三峡截流成功贺咏（二首）（新韵）

一九九七年十一月八日

一

天公造化巨峡深，赐予神州万古存。
壁立重峰云欲坠，泉飞叠嶂气萧森。
湍流撞谷雷霆怒，禽鸟啼空猿兽吟。
不竭资源无价宝，何时助我掌经纶？

二

红日高悬天地宽，运筹帷幄海中南①。
金戈铁马齐征战，巴水巫山尽改颜。
围堰合拢锁雪浪，江流截断导银澜。
群英建树千秋业，不朽功德百世传。

【注释】

① 修建三峡水利工程是党中央、国务院在大批科学家、专家科学论证的基础上所做出的决策，它凝聚着中央三代领导人的心血和睿智，最终成为现实。"海中南"即中南海，此处倒置为韵脚所需。

赞李向群①

一九九八年九月

浪激波汹鱼鳖呻，死神无奈献身人。
不教野马脱缰羁，岂许蛟龙劫世尘。
碧血殷殷染四海，忠魂耿耿励三军。
君今一去不复还，化作千山万木春。

【注释】

① 李向群，1978 年出生，生前是广州军区塔山守备英雄
团九连战士，优秀士兵，中共党员。在 1998 年长江流域抗洪
抢险战斗中，他主动报名参加抢险突击队，带病顽强拼搏，先
后 4 次晕倒在大堤上，终因劳累过度壮烈牺牲，以其 20 年的
短暂生命和 22 个月的短暂军龄，谱写了壮丽的人生赞歌，被
誉为"新时期的英雄战士"。

纪念十一届三中全会二十周年

一九九八年十二月二十日

历史航船逐浪尖，转危化险赖中坚。
冬寒过后高天碧，春暖来前细雨绵。
沧海生机重焕发，桑田景象复争妍。
方圆九百六十万，日新月异处处鲜。

元旦咏怀（二首）

一九九九年一月一日

一

九九开元丽日悬，五湖四海涌征船。

千帆击鼓齐争冠，万业鸣锣奋创先。

余过五旬拼剩勇，国逢半百展娇妍。

挥毫泼墨书生意，如画如诗动地天。

二

世纪之交国运昌，万方乐奏庆和祥。

高原雪域哈达舞，大漠山陲锦绣装。

半辈欣知初级论，平生笃信坎途长。

频闻经济高增产，举盏开怀喜若狂。

中国民族乐团维也纳金色大厅演出

一九九九年二月二十一日

金色大厅神韵传，中华民乐热西天。

壮槌擂起倾盆雨，纤指弹成锦绣篇。

异国心声苗笛吐，友邦情调汉锣诠。

满堂惊现大同景，寰宇一村齐舞翩。

巨微浅谈

一九九九年四月

小球卅七亿春秋，演化无穷自运筹。
宇宙河中半滴水，太阳系里一方舟。
沧桑翻覆三回转①，物种兴亡九始周②。
可笑红尘猫与狗，鸡虫琐事斗无休。

【注释】

① 三回转：晋葛洪《神仙传·王远》："麻姑自说云：'接待以来，已见东海三为桑田。'"后人以"沧海桑田"比喻自然界或人世间的巨大变化。

② 九始周：科学家研究认为，大约在5.4亿年前，地球上初级生物开始出现。通过对海洋化石的记录研究发现，不同物种生存的数目，是以6200万年为周期增加和减少。据此推算，地球上的物种至今大约经历了九个兴衰周期。

抒　愤

一九九九年五月八日

惊悉我驻南联盟大使馆遭美国导弹袭击，致我使馆三人死亡，二十多人受伤和馆舍严重毁坏，愤然成诗一首，痛斥此种暴行。

国际流氓肆猖狂，西征东扩露锋芒。
人权人道鳄鱼泪，霸道霸权蛇蝎肠。
亡我野心终未改，屠魔壮志岂能忘！

填膺义愤心潮涌，欲化长缨缚虎狼。

咏 牛

一九九九年四月改作

草食棚居简度生，四时奋力务农耕。
主人打骂从无怨，童叟欺凌总有情。
犁地开荒戴月作，拉车驾碾借灯行。
老来甘受一身剐，无怨千刀百秤称。

赞 清 洁 工

一九九九年五月

莫道清工活计脏，人间自古有专行。
金戈铁马南山老，竹帚钢锹遍地忙。
冒雨临风除秽垢，披星戴月扫尘荒。
涓涓汗水化甘露，润泽鲜花四季香。

感 时 事

一九九九年六月

苦短人生常自哀，吉凶世事断难裁。
千枚导弹南欧泻，万里祥云东亚来。
壮志凌霄期有用，薄缘落伍恨无才。

虚年不及黄忠老，尚待扛枪戍海台。

纪念共和国五十华诞（新韵）

一九九九年十月一日

天安门上国徽新，赤帜高扬五十春。
数度阴晴转国运，几番风雨鉴民心。
鼎新革旧披荆棘，问路投石觅宝珍。
百业俱兴开盛世，神州特色万邦钦。

街　头

一九九九年十月

眉端忧乐出心端，热血满腔滋寸丹。
新鼎五旬增国色，丰收二十换衣冠。
脱贫未必弄风月，解困当容摆地摊。
待到全民康富日，琼浆酹祭范仲淹①。

【注释】

① 范仲淹（989—1052 年），北宋著名的政治家、思想家、文学家。他倡导的"先天下之忧而忧，后天下之乐而乐"的思想成为中华民族的传统美德和精神财富，激励着一代又一代国人。

澳门回归感怀（新韵）

一九九九年十二月三十一日

病体萧条国力艰，强梁打劫趁人难。
山河破损悲残月，骨肉支离沦远番。
妈祖难平镜海怒，天神未止濠江澜。
今宵云散五星照，菡萏狂开碧土还。

千禧之夜（新韵）

一九九九年十二月三十一日

吾辈幸逢千禧年，今宵喜庆纪元迁。
五湖捷报驰寰宇，四海新潮卷雪山。
大屿紫荆呈异彩，南湾菡萏展娇颜。
独忧台海风云涌，同室相煎为哪般？

新千年元旦

二〇〇〇年一月一日

日似浮槎月似风，小球飞转易时空。
斑斑陈迹炎黄印，点点遗墟海寇踪。
奋发初开三代业，图强更待百年功。
攀山我欲先登顶，分秒当争万事匆。

兴游普陀山

二〇〇〇年五月

东来千里览奇山，翠染巨鼋浮海湾。
古寺星罗苍树荫，幽峦跌宕石蹊环。
圆通大士舒慈目，混沌众生悔汗颜。
难得虔心许佛国，诚祈乐土遍人间。

瞻中华世纪坛

二〇〇〇年十一月

京兆高昂世纪坛，公元祭别旧千年。
时空巨典百朝览，历史长河一脉延。
滚滚人潮争敬仰，团团锦簇舞翩跹。
南腔北调话今古，共祝江山万代传。

忧 思

二〇〇〇年十二月

革新开放展鸿猷，污水逐波染主流。
一夜香风酥白骨，十年宾馆变青楼。
几多鬼魅迷佳丽，无数蛇妖噬吏侯。
最痛权臣贪腐黑，红旗缥缈令人忧。

漓 江 游（新韵）

二○○一年五月十二日

朝发桂林顺水平，漓江两岸碧峥嵘。
峰峦拔地冲霄汉，帷幔垂天笼画屏。
秀水鸬鹚神出没，悬崖骏马奋奔腾①。
风光万种连阳朔，烟雨黄昏花满城。

【注释】

① 漓江最著名的山是画山，山高416米，临江悬崖上有自然形成的白色的图案，恍似天然骏马图。当地有歌谣："看马郎、看马郎，问你神马有几双？看出七匹中榜眼，能见九匹状元郎。"

辛巳岁末咏怀

二○○一年十二月十一日

新纪元年捷报盈，神州与日俱升腾。
申奥①二读传佳讯，入世②一槌道喜声。
万野云蒸锦浪滚，千城霞蔚烟花鸣。
扬眉放眼观寰宇，独我中华好运行。

【注释】

① 申奥：2001年7月13日晚，国际奥委会第112次全会在莫斯科投票决定，北京成为2008年夏季奥运会主办城市。

② 入世：2001年11月10日，世界贸易组织（WTO）在多哈举行第四次部长级会议，审议并批准了中国加入世贸组

织。一个月后，中国正式成为世贸组织成员。

闹 迎 春

二〇〇二年二月十六日

四时弹指一根烟，解带宽衣作酒仙。
漫宇纷纷飘瑞雪，轻雷滚滚报丰年。
蛇腾紫气与时进，马踏春风动地欢。
天若寡情天亦老，万家灯火照无眠。

霍 邱 恋 （二首）（新韵）

二〇〇二年五月

　　余 1968 年底至 1970 年 4 月在城西湖军垦农场劳动锻炼，
虽很辛苦，却苦中有乐，乐中生情，被霍邱山川之秀美、民风
之淳厚深深打动，至今仍眷恋之。

一

红旗猎猎队形齐，军号嘟嘟日晓曦。
筑路修桥劳腱骨，养猪种菜湿衫衣。
练兵备战防强霸，访户扶贫恤苦黎。
忽报京都传调令，彷徨湖畔泪沾泥。

二

依稀幻境却曾真，三十二年忆犹新。

眼底常翻金麦浪，耳边时荡军号音。
战天尤恨龙王恶，斗地更觉乡土亲。
跌宕人生催我老，至今还恋霍邱人。

寄语当代大学生
二〇〇二年七月

时空隧道转飞轮，科教兴邦分秒珍。
昨日登先他捷足，来年居上我须拼。
前贤矢志卫球籍，儿女壮心揽月辰。
万里长征凭接力，中华待有后来人。

游武夷山
二〇〇二年七月

武夷山脉屹东南，百里岿嵘势壮观。
溪曲三三绕碧练，峰回六六染青丹。
流连玉女①祈民祉，登顶天游②许国安。
远眺天边寻宝岛，烟弥海峡痛心肝。

【注释】

① 玉女：指玉女峰，在武夷山二曲溪南，三峰紧贴，突
兀挺拔，秀润光泽，顶上草木葱郁，宛如头戴花冠、亭亭玉立
的三少女。

② 天游：指武夷山第一胜地天游峰，登其顶，观云海，
犹如天上游，故得名。

纪念杜甫诞辰一千二百九十周年

二〇〇二年八月

古今诗圣独斯人，文采辉煌灿北辰。
《三吏》痛申鹰爪酷，《三别》悲诉庶民辛。
朱门酒肉惊天恨，茅屋秋风动地呻。
洗马濯兵终是梦，诗传千载鉴红尘。

释　怀

二〇〇二年九月九日

耽诗琢句岂雕虫，喜怒哀伤尽显中。
三代风骚营旺势，百花香艳溢晴空。
歌功非助君王兴，指过为扬尧舜风。
都说文章千古事，追从李杜练精工。

忧　愤

二〇〇二年十月

官风不正社风歪，荣耻是非颠倒来。
巧取豪贪言有道，戒沾拒腐笑无才。
一群白蚁相拥簇，几树青枝遭蛀裁。
长叹此情何以忍，咬牙无济内心哀。

壬午除夕

二〇〇三年一月三十一日

举家除夕大团圆，喜气融融笑语绵。
儿祝爸妈东海福，孙祈爷奶鹤松年。
珍馐斗味愉三代，厨艺争辉赛八仙。
老少轮番相敬酒，天伦旺户乐空前。

感 时 事

二〇〇三年三月

域外强权肆用兵，无辜百姓葬坟茔。
单边黩武谋先发，多极维和避战争。
南亚硝烟灰未冷，中东炮火弹横行。
风光试问何方好？喜看五星赛月明。

春 晨 （新韵）

二〇〇三年三月二十二日

一年四季在于春，一日功夫始自晨。
旭日将临千鸟唱，春潮欲涌万花芬。
荧屏漫宇传新讯，广电环球报晓闻。
五彩缤纷云早市，工农商教好音频。

曹庵桃花节①

二〇〇三年四月四日

曹庵三月桃花艳，更有草莓争俏红。
锣鼓喧喧乡市闹，衣冠楚楚客流丰。
四方农舍新颜展，十里村民喜气融。
自笑何生花甲怨，欣观人事日兴隆。

【注释】

① 曹庵镇归淮南市田家庵区人民政府所辖，每年 3 月 30 日至 4 月 9 日在此举办桃花节，为期 10 天，吸引大批游客来此观桃花、品草莓，欣赏乡村自然风光。

问　天

二〇〇三年四月十二日

社风不幸废清廉，四处妖魔暴索钱。
司务丧心捞外快，专权忘义拜金元。
陈仓暗度国基损，黑杠横飞世态炎。
民怨昭昭皆喊杀，问天何日正人寰？

赞 后 勤 人 (新韵)

二〇〇三年五月

论功莫负后勤人，辟地开天谁与伦？

万众求生粮作本，千军决胜草先屯。

街亭败北缘饥渴，淮海辉煌赖辙轮。

未有邓公担部长，神舟岂可入霄云①？

【注释】

① 1978 年 3 月，邓小平在全国科学大会开幕式上的讲话中说："为了实现科学研究计划，为了把科学研究搞上去，还必须做好后勤保证工作，为科学技术人员创造必要的工作条件，这也是党委的工作内容。我愿意当大家的后勤部长，愿意同各级党委的领导同志一起，做好这方面的工作。"

居园月桂

二〇〇三年十月八日

绿满居园百姓家，民心向例爱精华。

身无异彩欺千树，骨有奇香领百花。

老叟细磨和寿酒，秀姑偷摘染婚纱。

形躯虽逊青松挺，未必毛虫敢近它。

神舟首次载人航天

二〇〇三年十月十五日

万古乾坤日月浮，小球人类不甘孤。

久怀翔宇鲲鹏志，早有飞天仙女图。

无畏英雄圆世梦，空蒙宇宙拓通途。

从今借得神舟力，星际长征探所需。

有感减肥现象

二〇〇三年十二月一日

瓜菜充饥未可忘，饱经灾难故情伤。
半根枯叶承人祸，一碗清汤接地荒。
风卷阴霾明日月，民挑精食煮牛羊。
丰餐忽恐遗忧患，男女消肥吃素忙。

甲申春咏

二〇〇四年三月二十八日

烟花爆竹竞争鸣，百岁眠钟又发声①。
鱼米东南花正茂，风沙西北雨初晴。
神舟数拓太空路，极地频传华夏名。
民族连心五十六，摩肩接踵共长征。

【注释】

① 沉寂近百年的北京钟鼓楼修缮一新，从 2001 年 12 月 31 日起再次敲响暮鼓晨钟，传递出盛世华音。

宁 夏 行

二〇〇四年五月

人生似梦有还无，过眼烟云黑白铺。
王粲①登楼徒作赋，贾谊②垂涕枉呈疏。

滔滔黄水滋华夏，莽莽银川哺汉胡。

筋骨多劳未必贱，驰车大漠学狂夫。

【注释】

① 王粲：字仲宣，东汉人，文学家，"建安七子"之一。早年依附刘表十余年却不被重用。东汉建安十三年（公元208年）秋，王粲以降俘之身随曹操大军南下，途径襄阳城登上东南角城墙，环顾四周，写下了《登楼赋》，抒发报国之志。

② 贾谊：河南洛阳市人，西汉初著名的政论家、文学家，世称贾生。年轻的他写下了《陈政事疏》，忧念国事，痛哭流涕，虽官至太中大夫，23岁即被贬，33岁忧伤而死。

江淮芒种

二〇〇四年六月四日

芒种江淮疏雨长，乡民农事倍辛忙。

朝云暧暧抢收麦，暮雨蒙蒙赶插秧。

细算投资须惜本，精敲产出应周详。

如今种地讲科技，白发老农情致昂。

颂任长霞①

二〇〇四年六月

红颜谁信警中强，今有长霞誉四方。

厉盾千钧安社稷，长缨万丈缚凶狂。

山河满载人民泪，史册增修公仆章。

师表高悬辉大地，英模辈出保安康。

【注释】

①任长霞，中共党员，河南省登封市公安局党委书记、局长，自1983年加入公安队伍，始终把人民群众的安危放在心上，多次深入虎穴，化装侦察，破获或协助破获了大批的大案要案，被誉为警界女神警，是全国"五一劳动奖章"获得者，先后荣获"全国三八红旗手""中国十大女杰""全国青年岗位能手""全国优秀人民警察"等多项荣誉称号。2004年4月14日，她在破案中途发生车祸，不幸殉职，时年40岁。

夏至村度

二○○四年六月二十日

最长夏至日东西，物影从今渐北移。
勃勃禾田啼候鸟，萋萋草野没牛蹄。
果园父子愉颜焕，瓜地夫妻笑眼眯。
齐赞中央新政策，增收减负好安黎。

苦　差

二○○四年七月

皮囊酷若一高官，为履公差强忍酸。
苦海无边何处岸？漏船多事搁礁滩。
声声老总犹鞭策，道道难题似箭剜。
最是耳边闻恶语，悲伤饮泪复装欢。

立 秋 乡 行

二〇〇四年八月四日

立秋乡野热风吹，稻穗初黄冉冉垂。
三五田鸡时隐现，万千家雀抢先机。
云中白日喜开眼，树下村农笑举眉。
地合天时民意顺，丰年在望莫须疑。

教 师 颂

二〇〇四年九月十日

满腹经纶执教鞭，讲台三尺授群篇。
古今学识凭心撰，中外文明着意传。
老凤放喉鸣广宇，虎娃着翅啸长天。
请功何必计桃李，指看山川处处妍。

国庆五十五周年

二〇〇四年十月一日

物换参移世纪迁，沧桑翻覆喜空前。
百年天地三朝改，当代江山两度鲜。
挂锦披霓裕海角，垦荒治漠富于阗。
康乾流誉无新意，满目生机万里妍。

劝 和

二〇〇四年十月

世事艰难岁月匆，阳间少见百年翁。
三生有幸五湖聚，千里投缘四海通。
人际是非何日尽？自然矛盾几时穷？
唤声同志泯恩怨，置腹推心酒一盅。

儿孙贺吾六十寿喜赋

二〇〇四年十月八日

似梦人生届六旬，儿孙贺寿倍知亲。
无为搔首存愧疚，有幸回眸诉苦辛。
世事中兴红似火，青山夕照美如春。
两袖清风天年福，三代同堂贵万珍。

游汉昭烈庙瞻武侯祠①

二〇〇四年十一月

功高盖主恐招嫌，先帝老臣身后兼。
昭烈庙中人路过，武侯祠里客频添。
攻心可断和还战，度势能裁宽与严。
自古英雄为国死，千秋犹有万民瞻。

【注释】

① 武侯祠原为西晋末年为纪念三国蜀丞相武乡侯诸葛亮而建，初与先帝刘备昭烈庙相邻。明初武侯祠被并于昭烈庙，大门横额仅书《汉昭烈庙》。

杜甫草堂

二〇〇四年十一月

诗圣草堂濒浣花，古今名胜誉天涯。
半园翠竹缠金节，一片青楠展玉丫。
门拥轻车四海客，窗含广厦万人家。
秋风长悔当年过，日日拂尘舒彩霞。

再嘱儿孙（二首）

二〇〇四年十二月

一

夯基立本少年成，夺秒争分莫等明。
梅绽须经飞雪日，鸡鸣应起读书声。
强身健体千斤负，正派清流万物盛。
百丈高楼平地起，人生之旅重初行。

二

怀知莫忘戒骄横，处世先须事理明。

君子成才勤自省，真人得志慎思行。
当凭地利三成色，更趁天时万里晴。
赤壁东风若不起，周郎无计破曹营。

岁末自省

二〇〇四年十二月

岁业难圆百务催，目标未竟面容灰。
黔驴寡智技能短，狡兔小聪心意非。
愧效诸葛摇羽扇，悔信参军虎皮吹。
补牢无策为时晚，自责徒劳不胜悲。

相 依 愁

二〇〇五年一月十五日

搏浪冲波一棹驰，江头在望点行辎。
囊中羞涩无人信，心内忧忡独自知。
旧友乔迁圆美梦，娇儿礼聘定婚期。
老妻夜半愁相问，何得新居迎媳归？

咏 茶

二〇〇五年三月二十一日

春分时节吐新芽，雾岭云峰汲露华。
采绿当凭纤手巧，炒青须仗火工佳。

一杯泉沏香如麝，双目神来灿若霞。
待客无分亲贵贱，崇高品位冠天涯。

春 夕

二〇〇五年三月三十日

心宽数载渐身宽，野庙洁身图晚安。
儿女成人分四户，老妻做伴供三餐。
位卑未敢耽公务，事贱尤能恤苦寒。
无奈官仓多硕鼠，时时怒发拍阑干。

连战大陆行

二〇〇五年四月

国共恩仇一笑泯，民生福祉挂齿唇。
党团莫守陈年旧，主义须随时代新。
席上恳谈台海事，大庭痛斥忘宗人。
陆离世界防歧路，行胜于言步步真。

抒 怀

二〇〇五年六月八日

犹记当年信口诌，豪言壮语一江流。
华年瞬逝空期许，花甲飞来半白头。

国力趋强虚与实，民生渐富乐兼忧。
安能纸上兴华夏？崛起还须众志谋。

暑日感事（新韵）

二〇〇五年八月

平生耿介腹怀禅，心底无魔敢对天。
狗血喷头能涤垢，黑锅压背可磨肩。
当修自我知荣辱，莫负人民废耻廉。
未必英雄皆动地，钢筋不露作中坚。

冬 日

二〇〇五年十一月

进退犹行逆水舟，运交指背已无求。
平生理想当坚信，近日牢骚应止休。
翠竹高风鸣晚节，红梅贵格傲寒流。
公心至上刚柔济，事事阳光任自由。

赞洪战辉①

二〇〇五年十二月

被弃女婴无处依，小哥认妹敞心扉。
洗缝喂养亲情至，陪读传帮细入微。

未有淳风冶美德，何来至爱护珍玑？
喜今识得真人道，仰看楷模洪战辉。

【注释】

① 洪战辉：湖南怀化学院的一名在读大学生。当他还是一个孩子的时候，就对一个被遗弃的女婴担起了责任，并撑起困境中的家庭。从读高中时，他就把这个和自己没有血缘关系的妹妹带在身边，一边读书一边照顾妹妹，后又供她上学，靠做点小生意和打零工来维持生活，至今整整 12 年。2005 年，他被评为"感动中国十大人物"之一。

巨　变
二〇〇六年七月一日

合肥近靠大江边，千载兵家战火燃。
既往方圆数千米，城乡两似卅年前。
忽惊路网银梭织，诧看楼群栉比连。
更喜工商春笋发，骄人尤有学科研。

秋分偶感
二〇〇六年九月二十三日

欲速不前空运筹，操之过急易沉舟。
云沉应避雷滚地，雨疾须防水漫楼。
机果相违功莫论，是非未白理难休。
来人欲识庐山貌，待到天开霾雾收。

知音唱和

二〇〇七年五月六日

难得同窗把酒干，豪情若浪卷云端。
峥嵘岁月漫诗卷，烽火流年度险滩。
清乐应逢知己唱，雅琴当为子期弹。
人生叹短风霜逼，百事一成心也欢。

汶川地震（二首）

二〇〇八年五月

一

地动山摇一瞬殃，残垣断壁遍沧桑。
巨坡倾泻埋沟壑，乱石翻腾毁路庄。
瓦砾无情千户灭，废墟蒙难万人亡。
撕心裂肺川民恸，惨雾凄云举国伤。

二

同趋国难不须商，万众一心斗志昂。
总理临危巡震迫，三军冒死抗灾忙。
五湖献爱胞情涌，四海解囊义举慷。
地裂山崩何所惧，十三亿众力无疆。

有感二○○八 （二首）（新韵）

二○○八年八月二十二日

抗灾篇

滚滚寒流迫岁关，压城雪害霎时顽。

喇嘛起事殃西藏，地震成灾闹蜀川。

党政同心征腐恶，军民浴血挽狂澜。

可亲可敬新生代，国难当头意志坚。

图强篇

天下华人一脉绵，灵魂深处祭黄炎。

同仇敌忾擒妖孽，大义填膺筑铁垣。

四海齐心办奥运，五洲放眼赏龙颜。

中华圣火冲天旺，多难兴邦万代传。

追 忆

二○○八年十月

忆到辰龙七六年，天灾人祸肆相煎。

三星陨落青天外，万户罹亡地震间。

八一军徽驱鬼魅，九霄铁拳镇妖顽。

全民警卫中南海，收拾山河奋向前。

国民党主席吴伯雄访问大陆

二〇〇九年五月

劫波未尽逆流狂，同室操戈魔鬼猖。
青鸟殷勤旋两岸，仁人举义架桥梁。
血缘兄弟当牵手，骨肉离亲应返乡。
君子谁能不爱国？姗姗寸步亦流芳。

国庆六十周年纪实

二〇〇九年十月

一唱陕歌天又红，无边广场漾春风。
白头前辈身心健，黑发新人步履雄。
京九东西神采焕，大江南北暖流融。
滔滔民意如江水，今古载舟推力同。

痛悼钱学森

二〇〇九年十一月二日

千难万险破重洋，志在中华跻世强。
弹道呕心研导弹，航天沥血启天航。
领军鏖战高科技，治圃栽培大栋梁。
报国楷模忠孝义，誉流千古好儿郎。

斥媚洋文痞（二首）

二〇一〇年三月十五日

一

物欲横流日月灰，媚洋文痞魄魂摧。
著书犹造屁股纸，遗臭超乎狗屎堆。
内结蛇神煽鬼火，外通驴象拜魔魁。
图谋易辙行旁道，撼动国基西化推。

二

信口雌黄毒液飞，挟私报复小人为。
滥编邪说诋真理，诽谤英雄损国威。
彼岸嘶驴扯嗓叫，此方巴狗应声归。
今呵内鬼休猖獗，试看红旗媲日辉。

清 秋 夜 思

二〇一〇年十月

夜深人静蟀啾啾，明月依依照案头。
微露和香盈宅院，吴刚散桂满神州。
娘家二妹①探亲姐，天上嫦娥宴绣楼。
胞眷同吟华夏颂，遥祈故国复金瓯。

【注释】
① 二妹：指 2010 年 10 月 1 日发射的嫦娥二号探月卫星。

兰亭墨宝颂 （二首）

二〇一一年八月

一

书圣挥毫气若虹，兰亭墨宝灿长空。
凤眸鹰爪皆神韵，虎态龙姿独匠工。
特质基因传赤县，文明元素贯寰中。
美轮美奂光于国，耀古辉今不朽风。

二

茧纸奇葩不胜收，兰亭一序冠神州。
梅兰远近投情眼，雁鹤来回抛媚眸。
子嗣临摹崇百代，墨坛评说赞千秋。
喜今处处龙蛇舞，信有来人更上楼。

有感红歌潮

二〇一一年九月九日

红歌未必净尘埃，贫富悬殊大众哀。
官场肮脏谁出手？民间不忍自登台。
黑心高管卷资去，卖命劳工带血裁。
莫怪神坛香火旺，只缘叛道谤经来。

戏说某公出书

二〇一一年十一月

亡国之君论国亡，粉妆自我甚荒唐。
叛徒嘴脸何须饰，小丑衣衫不用量。
山路迂回蹊坎坷，王朝复辟事平常。
大江西去谁人信？待看红旗更激扬。

无　题

二〇一一年十二月

奸徒谋国计心头，易辙更旗暗运筹。
主义缓行吹普世，精神淡出断清流。
国企私化肥权贵，人性兽同成虎猴。
大盗扬长卷款去，改名换籍不知羞。

怀念雷锋精神

二〇一二年三月五日

遥记当年世态新，雷锋事迹感全民。
翁童恐后思行善，男女争先乐助人。
上下和衷征腐恶，干群共济克艰辛。
如行此道至今日，社会和谐早见真。

雨夜上网（新韵）

二〇一二年三月七日

夜深窗外雨声疏，网上传来万卷书。
击鼠随心收信息，求知着意用功夫。
图强战略我方有，解困灵丹域外无。
国运输赢唯一系，公权腐败应清除。

回乡遗憾

二〇一二年四月

天回地转日黄昏，转眼身临豁齿门。
少壮乡亲皆外出，故居原貌荡无存。
塘干不见鱼虾影，宅乱难寻枣树根。
借问翁婆家可好？言来道去念儿孙。

春晚感事

二〇一三年三月十日

春晚荧屏万户妍，金蛇狂舞纵情欢。
民心向往小康日，国是筹谋关键年。
衣袜一周更冬夏，雾霾连日漫山川。
喜忧参半观全局，路在凝神促梦圆。

病 中 思（二首）

二〇一三年四月

一

碧血无端出脑干，医师问疾断周全。
卧床静养三周半，化险为夷一线悬。
未有发妻勤护理，哪能病体速安然？
少年夫妇老来伴，不废世情千古传。

二

退职至今未赋闲，踌躇满志续新篇。
粗餐简宿释余热，竭虑殚精育幼鸢。
康健何曾忘许国？病衰无意惜残年。
老驴心力不如马，自应兼程奋向前。

看电视新闻有感

二〇一三年八月十七日

开疆始祖铸辉煌，未料儿孙染痼疮。
张氏说三图贬李，李郎道四意诽张。
街头漫步遗痰迹，景点观游丢乱脏。
我劝同胞重小节，莫因陋习损炎黄。

七十口占

二〇一三年十一月十日

七十初闻亚健康，已知心脑欠安详。
纳新排故难如意，御暑防寒费考量。
白日随缘忙碌碌，深宵厌犬叫汪汪。
五更做起英年梦，杀向东南卫海疆。

谢　天

二〇一四年五月

严规厉纪出中央，反腐肃贪风暴狂。
长老正冠标示范，小僧照镜自疗伤。
苍蝇老虎同时打，王八乌龟一网张。
万众笑谈多快意，谢天只为国安康。

看电视剧《湄公河大案》感赋

二〇一四年八月

惨案元凶悍又刁，英雄缉毒勇屠枭。
一仇未报难安歇，千里追歼不动摇。
蹈火赴汤侦虎穴，舍生忘死捣魔巢。
冤魂洗雪昭天下，犯我中华岂可饶？

再 谢 天

二〇一四年九月

中南海上紫微明，反腐肃贪雷厉行。
拍得苍蝇魂出窍，打将老虎命归茔。
九州风貌容光焕，百姓掌声霹雳鸣。
改革征途驱雾障，官风匡正社风清。

点 赞

二〇一四年九月二十五日

"猎狐行动"①刮罡风，海角天涯法网蒙。
国警投缨擒恶虎，友邦携手锁刁熊。
贪官破灭黄粱梦，窃贼难逃地狱笼。
除奸务尽时不待，正道无情扫害虫。

【注释】

①"猎狐行动"是指公安部启动的"猎狐2014境外追逃专项行动"。

祭 孔

二〇一四年九月二十八日

撞钟敲鼓点香炉，千古仲尼又复苏。
绛服鸡翎齐叩首，花环缎带尽阿谀。
工农革旧沧桑换，社会翻新时代殊。
薄古厚今方正道，务求当下硬功夫。

网 闻 读 感

二〇一四年十月八日

物欲如刀色似枪，招招命中屎蜣螂。
高官巨腐惊邦国，小吏豪贪愕省乡。
固坝夯堤除蝼蚁，倚天仗剑斩豺狼。
全民洗礼同心干，力保江山百世芳。

陪护病妻偶成

二〇一五年二月

山盟共老记犹新，转眼白头如镀银。
卅载积劳操家务，一朝成疾犯腰身。
端尿喂药深恩爱，问暖嘘寒倍眷亲。
屈指金婚已在望，相依昼夜敬如宾。

卷 三　心悟词集

别是一家开异域
更将四化展新姿

——《心悟词集》序

（一）

在对词的认识与鉴赏上，我以为必须搞清以下几个相关的问题。

第一，词的出现和发展是中国古典诗歌发展进程中一种带规律性的现象。首先，词产生于七言诗之后，从形式上看，似乎是诗的解放。词的优势是长短句富于变化，比较灵活多样，然而这种变化是由曲谱的旋律所决定的，因此，句式变化虽多但不自由，也许正是词的弱势之所在。其次，从四言诗到词（曲）的发展，是沿着齐言——杂言——齐言——杂言的路线前进的；也就是它吸收了四言、五言、六言、七言乃至骚体诗和骈体文句式的优点，综合、融化、创新而形成一种前所未有的形式。这一方面说明，从五、七诗发展到词，是诗体内部发展规律的必然性；另一方面，词的形成及其优势与弱势，又给词今后的创新与发展，提供了极为有益的启示。

第二，词与诗的区别和联系，从宋代到近、现代的诗词家、评论家，既普遍关注，又做过不少精辟的阐述。概括起来，约有两点：①"诗庄词媚"，一般说来，诗总是带着严肃表现甚至道学面孔，所以即使抒情也是隐约其词的。而词不但以抒情为焦点，并且大多是赤裸裸式的抒情；②"诗宏词微"，诗的抒情，一般都只是表达整体智性的感受，而不是具体感性的触摸，连李商隐抒写苦恋的爱情诗"春蚕到死丝方尽，蜡炬成灰泪始干"也仅仅是一种混沌化、朦胧化的感觉。词的抒情，则是以细腻的笔触，作形象化、鲜明化、生动化的刻画。连宋朝欧阳修这样的文学和史学大师，他描绘新婚生活的《南歌子》一词，简直是一幅历历可见、呼之欲出的图画。

第三，雅与俗，既是一个语言问题，又是一个风格问题。在诗、词中，雅俗的要求是不同的。宋词，至今仍然是中国词的典范。以宋词为例，就不难清晰地看到，雅俗在词中的曲线运动和发展趋向。我把这一运动和趋向，概括为"一正一反"与"两条线"。前者是指柳永和周邦彦，柳永"以俗为雅"，第一次也是永远地将"俗"打进词的领域，使词的俗化成为词的主导走势。周邦彦"以雅化俗"，又从俗词回到雅词。但宋诗、宋词以至宋文，都不能不或早或迟地纳入俗化这个时代主潮所通行的轨道。人们熟知的宋词两大流派，以辛弃疾为代表的豪放派和以李清照为代表的婉约派，都不约而同地在"雅俗合流"的交汇处会师（这正好跟黑格尔提出的"正、反、合"的公式不谋而合）。"明月别枝惊鹊，清风半夜鸣蝉。稻花香里说丰年，听取蛙声一片。七八个星天外，两三点雨山前。旧时茅店社林边，路转溪桥忽见。"（辛弃疾《西江月·夜行黄沙道中》）辛弃疾的这首词，不妨说是雅俗合流的样板。而人人爱读、流传不衰的李清照的《声声慢》，则将雅俗合流更表现得恰到好处。这一雅俗合流的总趋势，历经宋、元、明、清，直到现在，绝大多数词作者仍保持不变。20世纪90年代以来，随着全球性文学艺术格局的大变动，一则雅俗原有的界限日益趋于消解，二则"通俗化"的浪潮越来越渗入和占据高雅化的阵地。因而诗词通俗化的要求和呼声，八方纷起。《心悟词集》便是在上述的历史语境和时代背景下横空出世的。

（二）

通读词集，我觉得：它在继承传统和开拓创新两方面，都有不容忽视的自己的特色。

第一，诗歌当为世、为事而作，这是一个悠久与优秀的民族传统。词集作者在继承和发展这一传统时，既以深厚的忧患意识来观照与表现对象主体和对象世界，又将自己的生态处境与生命感悟，融入诗性思维和诗词创作。例如，《水调歌头·戏说鸿鹄与家鸡》《木兰花慢·电视剧〈西游记〉观后感》《踏莎行·读报随感》等词作，就是充分有力的例证。

众所周知，诗圣杜甫有感于鸡虫得失，曾写过流传千古的名篇。词集作者却从另一个视角，将鸿鹄与家鸡作了不可比的比较，得出"鸿鹄当可敬，家鸡更可钦"的公允结论。人们一般崇仰不平凡中的特异，却藐视平凡中的高尚，这是一种应该纠正的不良的社会心态和社会现象。词人以一颗对宇宙、人生和万物的终极关怀，用利刃似的椽笔，刺入这类心态与世态的深处，令人霍然憬悟。而在电视剧《西游记》的观后感中，"东土豺狼未绝，西天虎豹尤嚣"的警句，更可见词人瞻瞩的高远，忧愤的深广。尤其是反映现实的读报随感，在读者面前展现出一幅高阁暖窝的儿媳与牛棚对泣的二老相比照的催人泪下的画面，充分突显了加强道德建设的极端重要性与迫切性。

第二，我国当代已故著名学者和诗词研究家钱钟书，曾深刻阐述了诗、情、艺三者的关系；情转化为艺，才能产生真诗和好诗，而艺则是技与道，即技巧与规律的辩证统一。同时，在诗人（词人）动情的背后，是他（她）全部人格和修养的凝聚与传递。词集作者正是在上述规律的创造性掌握与运用之下，使词的创作达到抒情化、通俗化、生命化、人格化四者融为一体的高度。

试读：《满江红·中秋赏桂》：

冉冉月圆，中秋夜，清风爽气。满园桂，婆娑移影，奇香扑鼻。居士欲栽蟾兔府，嫦娥抢种广寒地。却原来，无意在天堂，人间坠。

年四季，长葱翠；平凡处，芬芳惠。不与松梅竹，争名逐位。甘献黄花酿美酒，愿将皮叶调鲜味。更寒冬，大雪满天飞，无穷魅。

这首词，可以说是一篇自重、自强而又惠人益世的人格化宣言。它用情与景结合、虚与实结合、铺叙与点染结合的艺术手法，绘出一幅挺拔、魁伟、高洁、嘉惠的中秋丹桂图。同时又从这首词的无穷韵味中，渗透出词人创作生命的强劲的张力，以及人与自然的和谐、协作的人文意蕴。

当然，词集中的类似佳作，远不止此。但重要的是，要让读者去不断获得"发现"的喜悦。

这里，我想说一下"通俗化"的问题。清代著名诗人、诗论家袁枚，曾把"意深言浅，思苦言甘"作为千古易失难传之秘。因此，通俗化与浅近化并非同义词。这部词集的主要特色之一是通俗化，我希望作者在它问世之际，好好总结正负两方面的经验，使其既继续光大，又得到进一步的完善与升华。

正像宋代著名诗论家严羽，在《沧浪诗话》中说过："诗（包括词）之道在悟。"这是确有见地的。但我们需要的，不是偏执之悟，而是圆融之悟。

青峰耸立的皖山，碧波荡漾的淮水，期待着词人的新作：含山水之情音，融烟雨之奇响，并且充满无限的亲和力。

庄　严

2005 年初春于合肥

第一部分　词

渔　家　傲
劳动日记
一九六八年七月

七月禾场晒早稻，汗流满面脚生泡。抬首方知午日照。时间到，棚阴底下戏言俏。　　忽见云飞电闪耀，倾盆大雨雷声暴。帚舞锨扬真热闹。风吹帽，天泉沐浴开心窍。

减字木兰花
南京长江大桥工地即景
一九六八年十月

大江流急，巧匠能工齐努力。车水马龙，两岸霜天万锦红。　　通途横立，犹如纽带系双璧。指日竣工，一统河山屹亚东。

西 江 月
毕业赴军垦农场
一九六八年十二月

宁蚌简车陋座，淮河逆水舟篷①。城西湖畔鼓声洪，
战士欢迎隆重。　　　日暮风寒路阻，饭香水热情浓。
木床竹架宿毡棚，裹被和衣入梦。

　　【注释】
　　① 宁即南京，蚌即蚌埠。作者于一九六八年十二月与同
届毕业生一起从南京乘火车至蚌埠，再由蚌埠坐船经淮河到达
安徽霍邱城西湖军垦农场，接受解放军再教育。

清 平 乐
修　　桥
一九六九年八月

修桥筑路，八月暑天怒。白日高温四十度，夜晚汗流
未住。　　　铁锹奋力挖山，柳筐满载肩担。飞步你追
我赶，人人恐后争先。

清 平 乐
冰地排水保苗
一九六九年十一月

雨天骤冷，未料冬来狠。水没麦苗将受损，战士心疼

不忍。　　全连光脚履冰，挖沟排水令行。哪管冻红双腿，从难从战练兵。

沁 园 春
抒　怀

一九六九年十一月二十九日

千里长淮，万顷蓼乡，旭日丹丹。望南飞大雁，先排人字，又排一字，奋力轮番。大路通城，浓霜浥土，无尽物资车马担。看吾辈，战城西湖畔，挥汗如泉。

人生搏浪扬帆，料从此征程多险滩。正韶华岁月，无边遐想；火红年代，意气盎然。笑傲艰辛，自强不息，唯此为真克万难。待来日，闯五湖四海，不负锤炼。

清 平 乐
入伍进京

一九七〇年五月四日

一九七〇年四月二十四日，我结束了在军垦农场劳动锻炼的日子，接受组织安排，入伍进京，心情激动，感想万千，赴京途中咏词一首，以为自勉。

春华世界，一路车行快。披甲戴星佩腰带，投笔从戎豪迈。　　抬头仰望天门，五星照耀乾坤。矢志感恩家国，终身服务人民。

西 江 月
军营生活
一九七一年四月

理帽整装待发，扛枪列队登程。昨日打靶率先行，今又稍息立正。　　半夜紧急集合，三更练到天明。分析矛盾获优评，实践还须论证。

采 桑 子
观战士重唱《洪湖水》歌曲①
一九七二年二月

《洪湖水》调又兴起，记忆犹新。重唱犹新，战士放歌情感真。　　而今水落磐石现，呼唤忠臣。祭祀忠臣，历史无情判罪人。

【注释】

①《洪湖水》系电影《洪湖赤卫队》主旋律插曲，歌颂贺龙元帅在湖北洪湖一带所开展的游击战争，曲调优美，深受广大群众喜爱。"文革"期间，这首歌曲一度被禁唱，林彪事件后，再度流行起来。

菩 萨 蛮
看电影《红旗渠》①
一九七二年二月

巍峨峭壁拦腰斩，嶙峋叠嶂连根铲。愚公战旱顽，开拓幸福泉。　　银河天上落，千里人欢跃。僻壤泛金波，山乡鱼米多。

【注释】

① 纪录影片《红旗渠》反映 20 世纪 60 年代河南林县（今林州市）人民艰苦奋斗，开凿太行山，主渠引漳河水，以解决广大区域缺水问题的英雄壮举。红旗渠总干渠全长 70.6 千米，开劈山头 1250 座，凿通隧洞 180 个，筑渡槽 150 座，中、小水库 50 座，塘坝 343 座，总容量 1 亿立方米，灌溉面积达 360 平方千米。

浪 淘 沙
异国抒怀
一九七三年四月

浩日正当空，欧亚连通。胸怀世界沐春风。万里他乡兄弟有，义烈情浓。　　四季一年中，来去匆匆。而今又见万山红。五彩萦回常入梦，心系寰东。

蝶 恋 花
回国探亲
一九七四年一月

越海跨洲还祖国。久别常思，谁解归心迫？浩大京华神采奕。栖居故舍呼朋客。　　鸿雁飞书传眷戚。千里迢迢，一日还乡疾。母愣孩惊言不得。妻寻旧貌疑相识。

西 江 月
喜看电影《创业》
一九七五年十月

国气、士气、志气，斗天、斗地、斗人。千难万险碾作尘，首战高歌猛进。　　敢问苍天日月，谁能撼我乾坤？扬眉吐气井油喷，卷走硫黄马粪①。

【注释】

　　① 电影《创业》里说到，大庆油田开发之前，我国原油主要靠进口，常发现进口原油里含有硫黄和马粪。

声　声　慢
归　　途
一九七六年六月

银鹰展翅，万里归途，机声昼夜相闻。白日凭窗遥望，碧宇无垠。时而俯首下看，尽茫茫、翻动浮云。夜幕落，见群星伴月，闪烁频频。　　忽报京城抵近，缓缓落，东方旭日如轮。一路花明柳暗，水洒轻尘。又瞧秦砖汉瓦，却生来一往情深。数今古，好儿女，谁弃母亲！

菩　萨　蛮
抗震救灾
一九七六年八月一日

　　一九七六年七月二十八日，唐山发生大地震，我在沧州空军航校工作，目睹震区惨状，心情十分沉痛。又见举国一致抗灾，万众共赴国难，心情十分激动。

山摇地动房倾裂，垣残壁断万家灭。日月悲泪流，五湖泣血忧。　　中央号令决，抗震救灾切。军队率先行，举国战灾星。

如 梦 令
解放军赞

一九七六年八月一日

　　唐山地震后，解放军开赴震区抗震救灾，官兵个个争先恐后，奋不顾身，充分发扬了人民子弟兵的光荣传统，特填词赞颂之。

横扫枪林炮阵，力克洪灾雪困。今日战何方？直指唐山地震。地震，地震，誓与尔妖拼刃。

清 平 乐
观摩飞行训练

一九七七年三月

红星灿烂，飒爽英雄汉。守土安疆勤备战，警视风云变幻。　　战鹰呼啸腾空，穿云破雾拖虹。操手忠肝义胆，气吞万里如鹏。

水 调 歌 头
咏 燕

一九七七年三月

三月迎春到，笑语转檐梁。总把春风唤起，吹绿柳和杨。展翅穿云破雾，俯视青川翠岭，来去任飞翔。忽似离弦箭，奋勇向前方。　　巡原野，攀山岳，护禾粮。誓将害虫除尽，何惧暴风狂！无意争枝夺叶，心系千家万户，与世共欢伤。岁岁还故土，赤血满胸膛。

念 奴 娇
牡丹江镜泊湖
一九七七年十月

旭阳初露，赤乾坤，眼底天高地博。望断长空南飞雁，声荡人间城郭。林海幽幽，山湖澹澹，瀑水渢渢落。莺声呖呖，霜天万类欢乐。　　北国千里山河，民丰物阜，黍豆遍阡陌。犹记曾交华盖运，百年狼吞虎掠。虏寇垂涎，倭贼红眼，亡我磨刀霍。东方日出，试看魔怪销铄。

浣溪沙二首
北京沙河机场观航空体育表演
一九七九年九月二十七日

特技飞行

万里长空大雁飞，迂回辗转任来回，彩龙着意紧相随。忽见奇葩绽广宇，天公擂鼓助神威，健儿壮志夺金杯。

高空跳伞

碧宇鹰翔花竞开，飞兵浩气自天来，玉皇欣喜降人才。九亿神州重抖擞，金童玉女下尘埃，嫦娥弃月返乡台。

水 调 歌 头
戏说鸿鹄与家鸡

一九八〇年五月七日

远望鸿鹄伍，近睹家鸡群。两类生涯横异，世上奋图存。鹄往天头地首，鸡落千家万户，殊路各栖身。试问贵和贱，评说可公允？　　常言道，鸿鹄志，万里巡。我赞家鸡高尚，贫贱不移心。食进昆虫野草，献出鲜珍美味，肝胆何忠贞！鸿鹄当可敬，家鸡更可钦。

满 江 红
江淮孟夏

一九八〇年五月

吴魏青青，更有那大江奇岳。朝阳赤，画楼啼燕，锦川鸣鹤。高路千回铁马奋，平湖万顷轻舟掠。看百花怒放尽开颜，辉城郭。　　天时利，人心乐；方向定，宏图确。辟康庄大道，披荆求索。千古神州重改造，无穷世界勤开拓。要巨龙从此舞云空，长飞跃。

青 玉 案
六一儿童节

一九八〇年六月一日

蓝天彩地迎初暑。百花绽，群蝶舞。鼓乐声中欢语雏。纵情飞步，追歌逐咏，醉把芳华睹。　　新苗一代滋春雨，展叶舒枝暗香吐。形势逼人如猛虎。垂头思省，匆匆归去，快把时间补。

阮 郎 归
校园夏夜

一九八〇年七月一日

满楼灯火二更初，校园月色疏。何来双影出林区，莫非恋侣图？　　小字辈，劲头足，外语下功夫。依肩并步低咕噜，汗滴手中书。

汉 宫 春
辛酉除夕

一九八一年二月

日丽风和，观大千世界，万象齐昌。儿童穿红戴彩，欣喜若狂。烟花斗艳，似春风吹遍城乡。腊酒烈，鸡鱼蛋肉，更添果脯酥糖。　　爆竹一声辞旧，便频传喜报，新曲高昂。五湖万舟争勇，击鼓催航。开足马力，问从今驶向何方？奔四化，加班加点，珍惜大好时光。

蝶　恋　花
农村新咏
一九八一年十月

九州兴盛宏图起，一马当先，群马骁无比。改革呼声闻万里，风流人物汗如洗。　　待到山河重整毕，再看九州，胜似天堂美。戈壁沙滩种稻米，重峦叠嶂鱼翔底。

蝶　恋　花
致"七七级"毕业生①
一九八二年一月十日

墨面万家闻十载，怒问苍天，何处有文采？忽报人间除四歹②，满堂新秀遨学海。　　一代师生多友爱，教学相长，字字金难买。志在神州面貌改，愿君个个如松柏。

【注释】
①"七七级"毕业生系"文革"后恢复高考的第一届毕

236

业生。

②"四歹"指"四人帮"。

满 江 红
贺新岁

一九八二年一月二十四日农历除夕

糖果鸡豚，更有那丰收国画。购年货，大包小裹，肩背手挎。极乐顽童迷戏法，痴情恋侣忙婚嫁。看万家举酒贺新春，祝华夏。　　共和国，年逾卅；新时代，宏图大。盼加鞭策马，早成四化。海峡三通①澄玉宇，山河一统崛东亚。驾巨龙飞向两千年，驰天下。

【注释】

① 三通：通商，通邮，通航。1981 年国庆前夕，叶剑英委员长发表对台政策的九点声明，希望海峡两岸捐弃前嫌，实行"三通"，以尽早促成祖国统一大业。

贺 新 郎
伯乐赞

一九八二年十二月二十九日

　　新春茶话会上，听一位老教师倾吐肺腑之言，填词一首，以致敬意。

少年争国气，多少回佳节忘过，寒窗寻觅。怎奈难熬苍茫夜，国破、政衰、人涕。叹用武施才无地。盼到天明开口笑，却低头迫认莫须罪。恨未尽，志难易。

忽闻广宇鸣霹雳，扫阴霾，江山又绿，盎然春意。壮志凌云跨鹏背，万里长空展翼。正显得才华横溢。沥血呕心培桃李，愿春蚕到死酿成蜜。今畅饮，开怀醉。

菩 萨 蛮
乘车所见
一九八三年五月四日

今乘公交车进城，见几位青年主动让座给老人和带婴儿的妇女，颇有感触，填词一首，以录所见。

无人不觉乘车苦，怨言满腹何方诉？老少挤成团，孕残难顾全。　　忽见雷锋在，让座风格率。翁媪笑声和，乳婴泛酒窝。

夜 秋 月
咏 竹
一九八三年五月

修长碧玉娆娆，分外娇。更见蒸蒸日上节节高。经风雨，傲霜雪，不弯腰。终日绿蓑翠甲洒潇潇。

水 龙 吟
南海诸岛
一九八三年九月

水浮万里南疆，天涯海角尽妖娆。碧滩点点，光环道道，三沙诸岛。今来古往，风吹浪打，苍然不老。似炎黄玉佩，相传世代，谁能说，不知晓？　　但看椰林彼岸，有几撮、山魈水耗。眈眈虎视，垂涎百尺，张牙舞爪。中华儿女，维权卫土，决心已早。敢犯者，碰我铜墙铁壁，焦头烂脑。

沁 园 春
祖国颂
一九八四年十月一日

万古神州，日出其中，月落其间。望大江东去，势吞沧海；莽原西耸，气贯尘寰。南国红装，北疆素裹，四季风光共展妍。垂今古，有长城万里，盖世奇观。
　　江山虎踞龙盘，早独领风骚千百年。忽烟蛮雨瘴，沙飞石走；山崩地裂，壁破垣残。无数英雄，挥毫舞剑，劈雾驱云试补天。路漫漫，终沧桑翻覆，盛况回还。

临 江 仙
除夕之夜
一九八五年二月

结彩张灯挂对联，鸡肥肉胖酒绵。男女新装笑开言。寿翁放爆竹，童子点花烟。　　一年一度庆团圆，五湖四海变迁。万象更新史无前。子时窗外白，瑞雪兆丰年。

虞 美 人
芭 蕉
一九八五年七月

寒冬叶萎心犹健，浴雪蓄芳艳。春来勃发郁葱葱，装点江山敢斗雨和风。　　高温盛夏尤繁茂，抗暑君争俏。人间处处热风狂，且看君能蔽日送清凉。

木 兰 花 慢
自我翻新
一九八五年七月

逐流随国运，辟新路，宇煌煌。惜三十蹉跎，饥肠辘辘，空煮书香。着戎服，操外语，叹弦音不测屡更张。

似梦人生过半，枉怀热血满腔。　　千回百折莫悲伤，修圈捕亡羊。奋温故求新，废寝忘食，重著文章。师从园丁育树，喜芊芊苗圃绿洋洋。先解燃眉之急，更谋日久天长。

水 调 歌 头
电视剧《诸葛亮》观后
一九八五年八月

千古垂英烈，诸葛大名传。都道卧龙在世，一出月光残。伟略吞天盖地，妙计超戎冠扈，自若挽狂澜。三鼎称雄杰，两代尽忠贤。　　书表上，雄师发，指长安。千里运筹帷幄，摇羽破雄关。未料万虑一失，兵败街亭会战，穷计弃城还。敢问有何训？最是用人难。

临 江 仙
乙丑除夕
一九八六年二月六日

花炮齐喧送旧岁，万家今又团圆。荧屏内外尽开颜。凤鸣迎盛世，虎啸报丰年。　　日日公差忙碌碌，今宵窥镜偷闲。方知鬓角渐生斑。眉飞思往事，色舞忆当年。

蝶 恋 花
一串红
一九八六年十月二十五日

十月天高秋雾散，放眼楼前、惊喜红一片。路上行人
神采焕，有情更被痴情恋。　　　国运昌隆天意鉴，花
草显灵、作美撩人羡。指看江山春不断，秋光更比春
光灿。

谒 金 门
见柳絮感兴
一九八七年四月

飞柳絮，又是一年春去。暮暮朝朝芳径度，几回闲散
步？　　　院落门庭如故，五尺身躯重负。事必躬亲微
建树，笑看满园绿。

蝶 恋 花
樱 花
一九八七年四月

门外樱花初展艳，四月春深、花蕾竞相绽。不解一株
何故黯，笑闻因有雌雄辨。　　　若问此花谁可鉴，且

看宾朋、来自东瀛岸。世上名花争灿烂，此花更似友
谊赞。

江　城　子
怡园牡丹①
一九八七年四月

一花怒放百花羞。暖风柔，自难收。五彩缤纷，更见
绿尤稠。蝶舞蜂旋不胜闹，人也醉，香袭楼。　　当
年此处草无休。臭水沟，蟋啾啾。一夜蓝图，众手拓
荒丘。赢得花仙岁岁会，情切切，意幽幽。

【注释】

　①　安徽大学外宾招待所内有一小花园，题名"怡园"，园
中栽有大片牡丹花，每逢四、五月份牡丹盛开，香气四溢，引
来许多蝴蝶和蜜蜂，此情景令人陶醉。

山　花　子
广玉兰
一九八七年五月

犹记前年亲手栽，众人培土把根埋。小匾题名有老
外①，友谊牌。　　转眼三年神韵现，亭亭玉立素花
开。宾主赏花谁与共，后生来。

【注释】

　①　"老外"，中国人对外国人的俗称。本词所咏的广玉兰

栽植在安徽大学外宾招待所院内，系一位美籍教师所赠，初栽时挂着题有这位赠送者的名字的小牌匾。

南 乡 子
月　季
一九八七年五月

四季总青青，卵叶棘枝袅袅婷。苦恋人间频斗艳，多情，白紫红黄月月明。　　开放敞门庭，春夏秋冬待远朋。问我接风何所有，且听，自有奇葩把客迎。

踏 莎 行
草　坪
一九八七年六月

根密茎柔，绿浓气爽，萋萋一片春来长。狂风暴雨奈之何？生机勃发尤苍莽。　　美化公园，净化球场，天然碧毯任宽广。朝朝暮暮送温情，助人娱乐兼颐养。

西 江 月
登金山寺①
一九八七年十月

楼阁殿堂梯次，回廊石级重重。登临慈寿②日瞳瞳，戏说蛇精情种③。　　哪有人妖结侣，但闻爱火熊熊。

鸳鸯生死两心同，何必枪伤棒恐？

【注释】

① 金山寺，位于镇江金山上，始建于东晋，唐代因开山得金，遂称金山寺。

② 慈寿，即慈寿塔，矗立于金山山巅。

③ 蛇精：见神话传统剧目《白蛇传》。话说白蛇修炼成精，思凡下山，与许仙成婚，法海从中作梗，被激怒的白蛇作法涨水淹没了法海主持的金山寺。

秋 波 媚
红 枫
一九八七年十月

小巧知园①枫树高，飒爽挺身腰。秋阳斜照，披红戴锦，潇洒多娇。　　霜天独秀人人爱，自重不轻佻。迎来送往，大方热烈，风度飘飘。

【注释】

① 知园：安徽大学外宾招待所曾被著名书画家田原先生题名为"知园"。园内曾长有一棵枫树，每到秋季枫叶赤红，给校园风光增色许多。

虞 美 人
时装表演
一九八八年五月

走台秀女皆佳丽，款款飘摇醉。春江花月曲悠悠，锦帽霓裳恰合玉姿柔。　　三番谢幕幕难谢，观众掌声烈。改革开放异花妍，白发翁婆此刻忘何年。

女 冠 子
紫 薇

一九八八年九月

小园如扇，一树紫花灿烂，报秋还。落甲苍颜古，峥嵘躯骨坚。　　往来人不断，悦目任流连。此刻拓荒者，不胜欢。

翠 园 枝
剑 麻

一九八八年十月

原本长南方，何故背井离乡？志在遍行天下，抗夏炎冬冷。　　莲花利剑露锋芒，磨砺迫人醒。尤显耐贫防腐，贵品优根正。

醉 花 阴
西安行

一九八八年十月

千里西行黄土路，秋日消晨雾。智者论兴亡，话说古都，往事千年去。　　秦皇兵俑显威武，更汉唐气度。

何处最风流？满目新潮，伟业空前著。

水 调 歌 头
飞越秦川
一九八八年十月

俯视秦川土，抬望汉淮空①。千里乘风展翼，直指大江东。薄雾匆匆掠去，浩日融融暖起，莽莽山河葱。不问神仙事，却似在天宫。　　成康治，始皇统，开元宏。黄河文化辉灿，寰宇磅礴通。戮我虎门赤子，破我卢沟晓月，天理何时公？奋发摧枯朽，再振九州雄。

【注释】

①汉淮：指汉水和淮河。西安至合肥的航空线经过汉水和淮河流域上空。

木 兰 花 慢
电视剧《西游记》观后感
一九八九年九月

唐僧归佛祖，取经处，路迢迢。愿蹈火赴汤，修德行善，着意煎熬。淆非是，倒敌我，叹慈菩九死陷魔巢。东土豺狼未绝，西天虎豹尤嚣。　　壮哉大圣藐天朝，爱憎察秋毫。举重棒千钧，目投万里，妖孽难逃。尊师训，轻屈辱，敢舍生忘死把经操。无畏方能奋勇，无私任可逍遥。

卜 算 子
松林偶感

一九八九年九月

山上疾风吹，山下松涛怒。大小毛虫咀瘦松，松运谁
人顾？　　顾者一书生，反惹群虫妒。忽见天头众鸟
来，喜出眉梢处。

临 江 仙
淮海行

一九九〇年三月

淮海平川连广宇，暖风吹化寒凌。星罗棋布起新城。
纵横公路阔，春野草花萌。　　往事东流四十载，烟
消云散天晴。神州万业喜重生。为酬强盛志，举国又
长征。

满 江 红
谒岳飞墓

步岳飞词《满江红》韵

一九九〇年四月

岳帅长眠，埋寸土，香烟不竭。千古颂，中华精秀，

民族英烈。三十功名垂汉宇，一腔壮志昭星月。恨苍天，无力辨忠奸，遗悲切。　　千年耻，久已雪；强盛梦，焉能灭？憾兴邦之日，而今君缺！"还我山河"哺浩气，"精忠报国"滋丹血。待神州再度领风流，慰坟阙。

虞　美　人
山村夏至
一九九〇年六月

山村夏至朝来早，缕缕炊烟绕。池塘水动鸭先临，更见田头喜鹊伴佳人。　　村前公路犹如带，来往车驰快。菜姑挑担步轻柔，昨日穷乡今日起高楼。

鹊　桥　仙
荷　花
一九九〇年八月

泥生水育，红装素粉，一出满塘璀璨。亭亭玉立恼西施，更玉环望洋兴叹。　　夏来承露，秋来怀子，仗有绿闹青幔。超群出众几多枝，看风里身残腰断。

一　剪　梅
教师节感怀

一九九〇年九月十日

云去天高秋日旸。博览群书，撰写文章。讲台三尺展经纶，淡饭粗茶，斗室微房。　　谁说知斋无小康？笔墨飞鸿，桃李飘香。更喜处处现梧桐，绿叶成荫，金碧辉煌。

声　声　慢
祝贺十一届亚运会胜利开幕

一九九〇年九月十五日

轰轰烈烈，大大方方，欢欢喜喜乐乐。灯火铺天盖地，竞相闪烁。才呈西北风采，又展现江南国色。群龙舞，众星歌，万籁鹏呼雀跃。　　奥运生机蓬勃。五环下，各邦精英逐鹿。华夏健儿，敢与强雄拼搏。功夫不亏汗水，看金牌榜上起鹊①。早赢得，全世界刮目惊愕。

【注释】

① 起鹊即鹊起，形容金牌数量不断攀升。

江 城 子
惦战友

一九九一年六月

十年不见两心伤。转头空，鬓毛霜。身锁公差，独自各一方。竭虑殚精尽职守，行孝道，效忠良。 忽闻电话响叮当，自京城，看端详。未发毫言，已是泪汪汪。往事如潮顷刻现，诉别绪，吐衷肠。

青 玉 案
野 草

一九九一年七月

田畴草芥萋萋漫，最茂处，肥溪畔。错节盘根茎叶健。春欺苗豆，夏欺禾谷，岁岁除难断。 休谈野草成时患，社稷此情常所见。得势小人多伪善。营私结党，谋权篡位，总把是非乱。

鹊 桥 仙
君子兰

一九九一年九月

名呼君子，确如君子，身乃无瑕碧玉。灵犀一点意情

通，似知己相逢如故。　　暖房会友，堂前待客，自
是人人爱慕。若求地久与天长，应经得风来雨去。

浪 淘 沙
抗洪救灾

一九九一年十月十六日

淫雨肆绵绵，水势空前。江河横溢泛无边。浩瀚良田
沉作海，浪拍家园。　　万里号声传，国难当先。今
非昔比换人间。党政军民齐奋战，胜了苍天。

虞 美 人
观国际体操比赛

一九九一年十月

玲珑娇俏刚柔健，辗转如飞燕。琴音顿挫复悠扬，百
态千姿、惊艳动人肠。　　红旗冉冉五星灿，又有国
歌伴。健儿鏖战夺金牌，热血同胞泪涌湿襟怀。

满 江 红
远 望

一九九一年十二月

暮色苍茫，望远际天灰云作。西风烈，枯丫狂舞，飞
沙猛掠。暴雪惊呆鹦鹉鸟，寒流冻死蓬间雀。然大江

滚滚向东流，何磅礴！　　春叶展，残枝落；黑夜过，光明烁。大自然法则，孰能逃却！败竹四周新笋发，回流两侧轻舟跃。待人间雾散日华时，通途拓。

醉花阴
水　仙
一九九一年十二月

身裹素衣葱一瓣，吐绿英姿现。腊月大寒时，叶俏花开，佳节增春艳。　　年年岁岁芳华献，清苦心无憾。借问有何求？妆点人家，愿与沙石伴。

卜算子
黄　杨
一九九二年二月

大路接天边，来往人无数。默默安身守路旁，无意招人顾。　　辟地饰园林，理草扶花树。但等推佳举贵时，乐在孙山处。

蝶 恋 花
野 蔓
一九九二年五月

古道荒蹊野蔓小，凭茜攀缘、占得南阳角。风雨安然栖处好，茫茫世界谁知晓？　　待到根深茎叶茂，直上山峦、更把粗槐绕。故地回眸嫌渺小，只将残茜当柴草。

卜 算 子
忆战友
一九九二年七月

情系紫金山，汗滴淮河埠。绿满西湖惜别离[①]，泪洒相思路。　　日出始奔波，日落犹忙碌。我意君心两地通，共把昆仑固。

【注释】

① 西湖：指安徽省霍邱县城西湖。作者于 1968 年底至 1970 年 4 月在城西湖军垦农场劳动锻炼。

蝶 恋 花
参观张家港
一九九二年八月二十七日

贯耳如雷心久仰，冒暑参观、是处慨而慷。改革洪流不可挡，更闻开放呼声响。　　大路纵横楼宇广，引进三资、合作办工厂。经济蓬勃愈日长，大江百舸争出访。

水 调 歌 头
参观华西村
一九九二年八月二十八日

仙域此方有，冒雨访华西。枉辨乡村城市，如梦入瑶池。半壁绿波荡漾，半壁琼楼耸立，龙凤舞红旗。云集五洲客，无人不称奇。　　长廊雅，庭院秀，住宅宜。百姓喜颜悦色，甜蜜令人迷。不付艰辛汗水，哪有丰衣足食，道理何须提？社会主义好，集体泰山移。

夜 秋 月
感　事（二首）

一九九二年十二月

一

挂羊卖狗坑人，利令昏！忍看真不如假假充真。
假受益，真遭蔑，屡见闻。恨我奈何不得火烧心。

二

疯猫放肆偷油，尾巴揪。还敢声嘶力竭怒回头。
猫使性，上下窜，使人忧。无奈网开一面事方休！

忆 秦 娥
登黄鹤楼

一九九三年四月二十一日

楚天阔，蟒蛇顶上栖黄鹤。栖黄鹤。大江东去，巨舟
西泊。　一桥紧系三城郭，千行万业齐开拓。齐开
拓。汽笛喧闹，车轮飞跃。

相 见 欢
醉 酒

一九九三年八月

放言斤酒无妨，没商量。豪饮三杯两盏，肚翻肠。
　云头望，太白唱，索诗章。忽又坠身闹市，好心伤。

采 桑 子
感 事

一九九三年十月

言行怪异淆是非，无意泄私？有意泄私？搅局因何他
自知。　　良医对症单方治，以理疗之，以实疗之。
金石为开会有时。

生 查 子
咏 菊

一九九三年十月十四日

黄肥绿瘦时，大地秋光灿。君色与天和，温良不斗艳。
冬来杀百花，梅绽姗姗慢。君敢敌霜雪，率先作奉献。

水 调 歌 头
元　　旦

一九九三年十二月三十一日

才唱领袖颂①，又把一岁除。举国普天同庆，赞曲谱新符。放眼五湖四海，已是沧桑巨变，扫却耻和污。笑论人寰事，弹指百年余。　　路线确，中心立，展宏图②。开创中国特色，坎道转通途。千市高楼竞起，万水大桥飞渡，银箭汉霄呼。世界敌我友，齐惊华夏殊。

【注释】

① 12 月 26 日是毛主席百年诞辰，全国各族人民、各界人士纷纷举行纪念活动，缅怀领袖的丰功伟绩。

② 此处指党的"一个中心、两个基本点"的基本路线的确立。

行 香 子
徐洪刚颂①

一九九四年二月

雨过天晴，国运初兴，怎容他害马横行？为民平愤，忘死舍生。赞洪刚志，洪刚品，洪刚情。　　人心大快，党誉骤增，喜社风逐日澄清。弘扬正义，建设文明。唱英雄歌，英雄史，英雄名。

【注释】

① 徐洪刚，一名当代军人。遇歹徒打劫群众时，他见义

勇为，勇斗歹徒，身受重伤。其英雄行为受到党和军队表彰，获得社会广泛赞誉。

十六字令
风（四首）

一九九四年四月

一

风，春日能施妙手功。温情送，漫野始葱葱。

二

风，夏日炎炎怒气冲。时狂躁，卷地扫长空。

三

风，秋日绵柔爽气浓。铺金毯，五谷万川丰。

四

风，冬日兴寒杀百葱。长呼啸，冰雪山河封。

玉 楼 春
徽州行

一九九四年五月八日

瑶池何日迁南皖？玉树琼花仙境展。七山二水一分田，

富甲江南多物产。　　　淳情雅俗金难换，更有徽风享
誉远。新人今又起宏图，达海通洋常往返。

念　奴　娇
立采石矶观长江

步苏轼词《赤壁怀古》韵

一九九四年六月二十六日

滔滔江水，自天涌，横贯千川万物。直逼翠螺①奔泻
急，回打天门石壁。叠浪迂旋，层澜翻滚，驱动无边
雪。磅礴气势，激发两岸豪杰。　　　满江鲸跃龙驰，
一派轩昂，各路征舟发。机吼笛鸣喧浩宇，昼夜航灯
不灭。海市传捷，钢城报喜，童叟添乌发。地灵人慧，
五湖光彩辉月。

【注释】

① 翠螺，即翠螺山，原名牛渚山，位于安徽省马鞍山市
区西南7千米。采石矶即在此山山麓。矶悬崖峭壁，兀立江
流，形势险峻。

一　剪　梅
赞《满屋春》义务诊所

一九九四年八月十六日

十字红彤满屋春。肩负天职，义务门诊。排忧解痛为
乡民，不似亲人，胜似亲人。　　　恨有财奴利欲熏。
败俗伤风，人道无存。令其对照《满屋春》，重唤良
心，再造灵魂。

菩 萨 蛮
马路随笔

一九九四年九月八日

当年总把公交等，十回九误情难忍。夏抗三伏炎，冬熬三九寒。　　十年弹指过，一百八十度。今日逛新城，随心打的行。

水 调 歌 头
甲戌中秋

步苏轼词《水调歌头》韵

一九九四年九月二十日

皎月见无数，何似在今天。人间天上同岁，胜日兆丰年。四海金风送爽，五岳雄姿焕发，龙吟动广寒。百媚嫦娥女，情洒万川间。　　琉璃厦，霓虹路，夜无眠。轻歌曼舞，花团锦簇月儿圆。熟睹荧屏神韵，通晓寰球信息，梦想竟成全。遍地华灯放，灿烂映婵娟。

桂 枝 香
国庆四十五周年

一九九四年十月一日

金光普照，又喜讯频传，秋实相望。都市人车涌动，满街盈巷。无边乡镇华阳沐，看千川、工农齐上。大江南北，长城内外，锦旗如浪。　　想当年，山河激荡。庆开国诞辰，雄歌高亢。奋力摧枯拉朽，宏图初创。行程坎坷多风雨，拂浮云、新途通畅。四十五岁，承前启后，两番解放。

诉 衷 情
国庆述怀

一九九四年十月二日

四十五岁正图强，万里起苍黄。华灯赤帜交映，今日喜浓妆。　　歌未竟，舞犹狂，兴高昂。百族儿女，身在五湖，心向中央。

鹧 鸪 天
虎猴游戏

一九九四年十一月

两类攀高竞上游，平川猛虎野山猴。只缘猴崽凭山势，一夜飞黄俯虎丘。　　虎乏力，威自收。威消力薄怎风流？纵然威力皆优秀，前路无山也难酬。

忆 江 南
赞扶贫助孤
一九九四年十一月

和阳灿，大地景光华。八面轻风拂淡水，四方情义煮浓茶。枯树发新芽。 　　和阳灿，满屋鲜花铺。白首妪翁夸闺女，鸟毛乳幼唤阿叔。孤寡心灵苏。

摸 鱼 儿
观电视剧《三国演义》有感
一九九四年十一月

看中原槊横刀舞，群雄马上逐鹿。问谁家胜券操手，伊始确难猜预。登顶路，怎少得、忠臣良将相扶助。问君知不？盖胜者成王，顺乎天意，决自人心处。

　　三结义，又有茅庐三顾。乾坤从此三兀。鏖兵赤壁风与火，湮没曹兵无数。皇叔泪，恨的是，刘家帝祚难维住。回天乏术。定军葬卧龙，三国一统，桑海又翻覆[①]。

【注释】

① 诸葛亮死后葬于定军山（今陕西勉县西南）。此后，蜀国逐渐败落，公元263年被魏所灭。公元265年，司马炎代魏称帝，公元280年魏灭吴，统一全国，史称三国归晋。

渔　家　傲
升旗仪式
一九九四年十二月一日

一唱雄歌寰宇白，五星冉冉浴丹血。儿女四方齐肃列，朝天阙，昆仑东海同恭谒。　　苦斗百年强虏灭，红旗展舞翻新页。战火如今尤激烈，争球籍，前方冷酷后方热。

渔　家　傲
中华之光
一九九四年十二月

九四快车驰骋急，神州大地春光泽。江南潮涌卷西北，形势逼，市场经济定国策。　　先圣旋坤东方白，后贤治国书特色。继嗣兴邦情更迫，大手笔，辉煌成就惊天日。

长　相　思
解　嘲
一九九五年二月

朝彩霞，暮彩霞，暮暮朝朝事若麻。匆匆两鬓华。

种豆瓜，得豆瓜，回首经年难自夸。无言启齿牙。

诉 衷 情
观地球仪感发
一九九五年五月

寰球小小放眸收，细看有五洲。东西经度分半，南北各春秋。　　均贫富，共琼楼，梦悠悠。霸权尚在，核武犹存，万事难谋。

调 笑 令
村寨秋晓
一九九五年九月

秋晓，秋晓，农户雄鸡唱早。村头鹅鸭满塘，露湿荷池柳杨。杨柳，杨柳，欲与莲花牵手。

忆 秦 娥
中秋问月
一九九五年十月

中秋月，一轮银饼悬天阙。悬天阙，嫦娥舞袖，吴刚挥钺。　　二仙喜度人间节，可知台海还分裂？还分裂，亲疏仇快，何时了结？

破 阵 子
悼亡兄

一九九五年十月二十七日

　　福安二兄因车祸不幸于一九九五年十月二十三日逝世，终年六十八岁。祭奠缅怀，悲痛不已。

大地无情无义，苍天有眼无珠。小鬼横行灾祸起，阎王昏朽犯糊涂，乱勾生死符。　　催泪之悲不已，穿心之痛难书。忍看忠魂归地府，唯留碧血洒贫庐，后人称楷模。

章 台 柳
观　灯

一九九六年二月

龙狮斗，秧歌扭，年复一年双鬓朽。争看前台走马灯，轮回翻转图依旧。

念 奴 娇
重上黄山

一九九六年四月二十九日

轻车驰骋，绕山间，云谷寺前停息。登上缆车向白岭，飞越雾纱海碧。雨霁天开，风和日丽，一览千峰晰。依然万景，但见神采尤溢。　　小别不过七年，江山巨变，处处今超昔。改革春风岁岁劲，万户雕栏瓷壁。喜事连连，经济翻番长，宏图新立。张开双臂，放歌拥抱来日。

水 调 歌 头
游览太平湖①

一九九六年四月三十日

喜有宽余际，乘兴游太平。机动画舟轻漾，潺潺剪波行。碧宇悬阳灿烂，绿水青山影映，仙境眼前呈。远眺鼠牛斗，近赏睡美人②。　　云如缕，湖如镜，物多情。满目雄姿勃发，八皖③始飞腾。一铁④北南通贯，二水⑤东西并进，呼应浦东城。奔向复兴路，我等莫闲停。

【注释】

① 太平湖：位于安徽省太平县，与黄山毗邻。

②"鼠牛斗""睡美人"均是湖中供游人观赏的景点。

③ 八皖：安徽的别称，意为安徽全省各地。

④ 一铁：合九铁路建成通车，又与淮南线连接，贯通全省南北。

⑤ 二水：指长江和淮河，两水平行横贯安徽西东。

踏 莎 行
读报随感
一九九六年五月

十月怀胎，呱呱坠地，双亲从此命根系。嗅闻尿屎辨安危，当牛做马心操碎。　　高阁暖窝，床头伉俪，卿卿我我欢无忌。牛棚二老补衣衫，相依只有饥和泪。

钗 头 凤
补 牢
一九九六年七月

十八九，寻情友，校园春满双牵手。甜蜜蜜，娇滴滴，一番沉醉，几年贫瘠。惜、惜、惜。　　高难走，低难就，裁衣量体身材瘦。世情逼，竞争激，寻羊未晚，补牢当急。迫、迫、迫。

破 阵 子
电影《鸦片战争》观后感
一九九七年六月二十二日

　　谢晋导演的历史巨片《鸦片战争》是一部爱国主义教育的极好教材，值香港回归前夕，观看此片，更加感想万千。

268

无欲钦差猎手，丧心狼狈焦头。万石烟销义举愤，千里海防火炮稠。威风长九州。　　鼠辈谗言似浪，金銮反复无休。利齿海鲨任凌弱，裹脚井蛙成俎囚。国人怎不忧！

水　龙　吟
喜庆香港回归
一九九七年七月一日

神州万里春风，吹得港九紫荆放。长城翘首，高原吐气，江河激荡。少壮持杯，老残挥笔，彩旗逐浪。燃礼花鞭炮，载歌载舞，黄河颂，听重唱。　　回望虎门怒火，眼前犹、熊熊万丈。洋枪海盗，石城得手①，山河破相。儿女抗争，百年无果，忧思惆怅。今苍龙重振，金瓯复合，明珠璀亮。

【注释】

① 第一次鸦片战争失败后，清政府于1842年（道光二十二年）8月29日在南京与英国签订了中国近代史上第一个不平等条约——《南京条约》，将香港割让给了英国。石城为南京别称。

青　玉　案
夏夜雷雨
一九九七年七月

滂沱雷雨惊人醒。夹雹子，呼声猛。凭借灯光观夜景。

银丝漫宇，晶珠遍地，凉气透窗冷。　　黎明雨住雷声定。保洁工人未闲等。败叶残枝清扫净。卷帘遥望，蜓飞燕舞，绿树朝阳映。

千 年 调
遣 兴
一九九七年八月

世界显花花，真假皆为戏。原本人生多彩，何必言底？庸才谋事，终究无良计。看宠儿，一时间，多傲气。　　频添酒力，豪爽不曾醉。好客原须付出，身心常累。憨憨咧咧，总把真情寄。是与非，任他谈，岂介意！

采 桑 子
旧城改造
一九九七年十月

推三敲四遴方案，顺其自然。创造自然。破旧立新未等闲。　　日新月异蒸蒸上，国富空前。民富空前。广厦毗连生态园。

阮 郎 归
说 狗

一九九七年十月

桃红柳绿满庭春，堂前酒气熏。忠心护主守家门，日夜不辞辛。　　风卷席，雨倾盆。巢摧树断根。忍饥伴主紧随身，情义胜猢狲。

如 梦 令
如此家教

一九九七年十一月

朝起骂声不住，暮落污言又吐。借问是何由，答曰：望儿成虎。迂腐，迂腐，虎子不成成鼠。

沁 园 春
元 旦

一九九八年元旦

宇宙沧桑，斗转星移，地覆天翻。望晴空万里，霞光祥瑞；神州九野，春意盎然。东海驰龙，昆仑鸣凤，蜀水巴山动笑颜。巡南国，看紫荆怒放，缺月初圆。

　　畅谈旧岁新年，喜千载难逢盛世还。正扬帆济海，群舟搏击；挥鞭追日，众马争先。门户广开，寰球交往，博采众长比翼攀。新时代，举红旗奋进，夺隘闯关。

望 海 潮
大学同窗无锡聚会
一九九八年三月

流年如水，人生如梦，别来屈指三庚。大喜重逢，哑然失笑，凝眸热泪含横。谈笑绕余声，行姿呈故态，霜发炯睛。诧看当年校花，形体略丰盈。　　旅途风雨兼程，似扬帆济海，搏浪拼争。苦辣酸甜，悲欢聚散，相依一路同行。儿女尽忠诚，铁臂担孝义，名就功成。今日酣游越里①，共结太湖情。

【注释】
① 越里：无锡古代为越国之地，故称作越里。

满 庭 芳
故乡行
一九九八年四月

大路阡横，高桥盘错，护栏逆我风驰。平生故里，似又不相识。茅坳荒冈无影，草城外、新落城池。春阳灿，小楼客满，正是酒香时。　　须知，人有志，十年奋发，河转东西。盛朝最难逢，有幸从兹。万众兴邦富国，好形势、只恨来迟。抬望眼，乡关锦绣，如画又如诗。

满 江 红
贺《人民日报》五十华诞

一九九八年六月

炮火连天，正华夏黎明决战。君问世，巨人喉舌，狼毫子弹。借我文章一两页，胜他毛瑟三千杆①。助雄兵推倒蒋王朝，人间换。　　新时代，新贡献。求真理，垂风范。促革新开放，别开生面。拨雾扬帆破骇浪，冲锋造势打前站。五十年鼎力举红旗，星光灿。

【注释】

①毛瑟：枪支名，由德国毛瑟兄弟设计制造，故得名。孙中山曾说："一支笔胜于三千毛瑟枪。"1936 年，毛泽东在给丁玲同志一首《临江仙》词中咏道："纤笔一支谁与似？三千毛瑟精兵。"

临 江 仙
香港回归一周年

一九九八年七月二日

昨夜紫荆红烂漫，华光瑞气相交。神州大地彩旗飘。无穷民族恨，尽往海天抛。　　自此明珠嵌玉璧，江山更显多娇。史书新卷著风骚。卧龙今醒也，一跃吼云霄。

望 海 潮
抗洪浩歌

一九九八年八月

雷鸣雨泻，百流涌堑，江河浊浪滔天。野马狂奔，蛟龙吼哮，势吞荆楚赣川。头顶洞庭船，脚涉九江水，高处鱼渊。忍看沉沦一片，顷刻毁家园。 军民昼夜无眠，奉中央号令，奋勇向前。全线鏖兵，严防死守，英雄百万岿然。要塞筑铜垣，险滩围铁壁，千里堤安。喝令洪魔退去，休得祸人间。

菩 萨 蛮
战洪灾

一九九八年八月

长江滚滚洪峰叠，洞庭波涌九江决。万众筑铜墙，任凭水怪狂。 问君何教益？水利燃眉急。国策不容迟，全民应反思。

念 奴 娇
北京大学百年华诞

一九九八年九月

尘飞浪激，正西风、席卷三江五岳。利炮坚枪如破竹，胜了吴钩曹槊。试问天公：后来居上，道理从何索？
智人明智，兴邦先应兴学。　　喜庆百岁华庚，历经
风雨，回首惊魂魄。几度狂飙生与死，几代精英耕作。
矢志不移，兴邦强国，科教蓝图确。蒸蒸日上，满园
幼凤雏鹤。

六 州 歌 头
改革开放二十周年

一九九八年十月

云消雾散，天阙沐金秋。忠臣奏，良将吼，始运筹，
力排忧。冷对往年事，凭实践，界真谬。四原则，立
国本，不可丢。开放革新，认定强国路，历史潮流。
谋中兴，求发展，未雨绸缪。逆水行舟，安能休？
　喜春风荡，生机旺，禾苗壮，绿九州。旌旗掣，欢
声沸，车轮讴，雄赳赳。门户三通热，东西域，广交
流。百港拓，千城扩，起海陬。万业寻求市场，解羁
绊，放其自由。看中华儿女，破浪争上游，誓占鳌头。

一 丛 花
木芙蓉

一九九八年十月

天生丽质牡丹装，秋令吐芬芳。抗污拒染持贞洁，御

寒露，笑傲风霜。情漫朝晖，神传晚月，丰采照琼浆。

此花不似花中王，胜似花中王。引来墨客歌风雅，弄斯文，醉意满堂。今有灵犀，花繁叶茂，岁岁展辉煌。

阮 郎 归
科技兴农
一九九九年三月

如今农户别般忙，竞相科技扬。瓜蔬稻黍选优良，加工又务商。　　修道路，盖楼房，时髦家电装。秀姑择日画眉长，喜迎如意郎。

忆 秦 娥
春 恋
一九九九年四月

梅花倦，春风吹得桃花绚。桃花绚，蜂旋蝶绕，朝贪暮恋。　　菜花黄透江淮畔，江天处处飞双燕。飞双燕，乡烟如织，情缘如线。

鹊 桥 仙
自 嘲
一九九九年七月

少年得志，同窗拥戴，振臂呼风唤雨。三旬未立半分功，隐惆怅，羞谈文武。　　简居陋室，粗茶淡饭，俯首耕耘学府。伤悲又恐后生讥，练诗句，偶拾佳语。

苏　幕　遮
缅怀慈母辞世二十周年

一九九九年八月

二十年，阴阳别。苦了孩儿，枕上思心裂。闻到冥间环境劣，能否安居？衣食有还缺？　　想当年，母爱切。叮嘱万千：儿要知凉热。残臼磨餐孺子噎，此景如雕，催我泪横决。

渔　歌　子
宴　　请

一九九九年八月

一桌佳肴品种稠，山珍海味色形优。鲤鱼跳，凤雉羞，一帆风顺海龙游。　　借问贵宾何等候？劳师动众宴无休。粉脂面，大油头，言之传道互交流。

念　奴　娇
新中国五十华诞

一九九九年九月

普天同庆，新中国、五十生辰华诞。犹记烽烟两万里，化作红旗烂漫。枯木逢春，荒原拓路，百族精神焕。朝天热火，铸成新宇璀璨。　　航棹风雨兼程，斩礁破浪，日照浮云散。亿众同心奔四化，气贯云霄银汉。水陆争雄，城乡竞俏，广宇飞神箭。先河开启，笑迎世纪彼岸。

贺 新 郎
国庆大阅兵

一九九九年十月一日

威武雄狮列。阅三军，浩然阵势，英姿蓬勃。装甲隆隆豪气荡，坦克山摇地慑。又火炮威风凛冽。"飞豹"穿云"轰六"吼，蓦抬头，天际鹏鹰越。看导弹，"东风"热。　　回眸历史百年月，恰如那、奔流江水，沸腾热血。逐虏驱夷神圣事，烽火神州燃彻。叹多少人雄鬼杰。一展红旗天下赤，更革新开放图强切。庆华诞，全民悦。

留 春 令
霜 降

一九九九年十月二十五日

此生何许，十年茹苦，十年穷困。昨夜轻寒酒杯勤。七成爱，三成恨。　　莫怨孩儿无长进，只怨父愚钝。今喜东风扫残云，太阳出，初霜尽。

太 常 引
松树赞

一九九九年十二月

一排松树立楼前，四季绿居园。日夜净尘烟。更乐得
蝉栖鸟眠。　　　雷霆震怒，风吹雨打，从不把腰弯。
根扎草丛间，向无意攀高望山。

沁 园 春
元旦钟声

二〇〇〇年一月

万籁凝神，举国倾听，元旦钟声。顿长城南北，金龙
狂舞；大江上下，鞭炮齐鸣。焰火冲霄，锦灯漫市，
照亮天空共月明。贺千禧，看荧屏内外，一片欢腾。
　　年年歌舞升平，独此夜江山别有情。喜紫荆怒放，
九州增彩；荷莲勃发，四海飘馨。笑那台独，负隅顽
抗，只似螳螂挡道行。察寰宇，料中华来日，万里
鹏程。

卜 算 子
己卯除夕之夜

二〇〇〇年二月四日

千市夜无眠，万户荧屏闹。四海炎黄共此时，欢庆新

春到。　　昔缺弟兄三，今喜归港澳。待到金瓯圆满时，两岸同辉耀。

千 秋 岁
春 日
二〇〇〇年二月五日

千年跨越，龙兔相辞别。九州更始元春月。荧屏歌舞闹，万户醇香烈。零时整，满城花炮惊天阙。　　喜得龙心悦，瑞气凝飞雪。路渐白，歌未歇。通宵达旦夜，举国欢腾热。开门见，同胞相揖贺佳节。

忆 少 年
兴 学
二〇〇〇年五月

三成绿树，三成花草，三成楼阁。知园美如画，聚幼鹰雏鹤。　　科教兴邦奋力搏，好儿郎、书山求索。老夫染霜发，喜今朝胜昨。

翠 园 枝
棠樾牌坊群①
二〇〇〇年五月

次第立牌坊，一部人间泪史。女子三权压顶②，恨生不如死。　　　风驱大地起狂飙，纲常化为纸[3]。男女同权平等，共和云展翅。

【注释】

① 棠樾：村名，位于安徽歙县县城南约 10 千米处。

② 三权：指封建社会支配和压迫妇女的夫权、父权和皇权。

③ 纲常：即三纲五常。封建礼教所提倡的人与人之间的道德标准。"三纲"即君为臣纲、父为子纲、夫为妻纲。"五常"通常指仁、义、礼、智、信。

柳 梢 青
歙县唐模村
二〇〇〇年五月

四面环山，一方村落，古色田园。樟树婆娑，西湖毓秀[1]，溪水潺潺。　　　叹观碑刻千年，仰大儒，风霜未残。银杏寿星[2]，逢人便说，今昔天渊。

【注释】

① 该村一位清代官吏为祭奠其母，挖造了一块湖面，建有曲径、小桥和亭榭，湖中种有荷莲，沿岸栽有杨柳，玲珑秀丽，誉为小西湖。湖心阁内珍藏了一批历史书法名家石刻碑文，具有重要的研究价值。

② 唐模村有棵千余年的银杏古树，至今仍枝繁叶茂，年年结果，人们称之"寿星树"，吸引许多游人前往观瞻，祈求平安长寿。

祝 英 台 近
合肥高新技术开发区
二〇〇〇年七月

盖楼房，修道路。十里新城竖。中外商家、立项
纷纷驻。抢攀科技高峰，把牢机遇。一刹那、人
攒车堵。　　回眸顾。寸金、白切、烘糕，庐阳几名
著①。三五作坊、七八酱油铺。一朝普降甘霖，民丰
物阜。更天下、驰名扬誉。

【注释】

① 寸金、白切、烘糕为合肥传统糕点，人们常购此作为
佳节待客茶点或当作礼品馈赠亲友。庐阳为合肥的别称。

风 入 松
新 村
二〇〇〇年七月

曾经郊外菜农家，作息贯参霞。手持锹铲肩挑担，这
儿种豆，那儿种瓜。姑嫂田间诉苦，耳闻村里啼
娃。　　梦惊日晓泛春华，铁臂转生涯。三通一平①
机车吼，霎时间，路阔楼遮。从此茅房别了，阳台赏
鸟观花。

【注释】

① 三通一平：基建术语，三通指通水、通电、通路，一

平指平整土地，属基建前期工程。

扬 州 慢
合九铁路①
二〇〇〇年八月

汽笛长鸣，车轮翻滚，旅途缓缓登程。看普箱客满，诧软席宾盈。闭窗户，自调凉热；品佳肴，入雅座餐厅。劲奔驰，穿岭跨桥，午发夕停。 一怀喜绪，又怎忘旧日酸情？偌大皖西南，山横水隔，困守江城。老路蜿蜒坎坷，车船颠、戴月披星。而今圆好梦，当天往返全程。

【注释】

① 合九铁路：合肥至九江，全程约 320 千米，1995 年建成通车。

鹧 鸪 天
观央视《人与自然》感赋
二〇〇〇年八月

一路羚牛奋跋荒，饥劳交迫瘦毛长。顶风冒雨寻青草，险遇横生累遭殃。 红眼虎，白眼狼，总疑牛肚有肥肠。血盆大口无情齿，咬碎牛腩尽饱尝。

念 奴 娇
忆昔上钟山
二〇〇〇年九月

天高气爽，又和阳灿烂，万般秋色。苍树漫坡遮碧宇，落下几成黄檗。鸟语叽叽，蝉声喷喷，榛子熟能摘。墓陵寺庙，尽成名胜遗迹。　慕名游览钟山，轻装简服，携侣攀缘急。险峻崎岖无所惧，彼此笑谈鞭策。登顶比拼，无分男女，试看谁先立。居高临下，龙盘虎踞初识。

暗 香
学友黄山聚会登山遇雨
二〇〇〇年十月

你斟我酌，喜紫金学友，名山相约。往日俏容，现了纹丝与斑雀。没见男儿潇洒，却豪气犹存如昨。彻夜叙，往事艰辛，如苦海漂泊。　攀岳，试体魄。看不老妪翁，健步飞跃。雾蒙鸟掠，妙境连生异知觉。西海诸峰隐现，观幻影，齐天帷幄。笑众侣，多兴致，雨中舞鹤。

夜　游　宫
宵　　市
二〇〇〇年十月

秋夜星稀月绰，起凉意，新添衣着。五彩霓虹频闪烁。
赶时髦，度宵市，驱寂寞。　　忽见豪车落，看男女、
华衫金镯。靓妹欠身笑容掬。迎进门，入包厢，轻
歌作。

浪　淘　沙
教弩台怀古①
二〇〇〇年十月

一梦两千年，地转天旋。人间万事化云烟。陈迹斑斑
说魏武，横槊江边。　　霹雳启新篇，旗舞歌欢。庐
阳从此崛中原。教弩技能孩儿戏，游客翩跹。

【注释】

　　① 教弩台位于今合肥市瑶海区，为东汉末曹操所筑，在
此教强弩五百人以御孙权水师，故名。现辟为公园，为合肥名
胜景点之一。

卜 算 子
感 春
二〇〇一年四月

朝日自东来，暮日归西去。暮暮朝朝昼夜回，四季轮番序。　枕上忆儿年，镜里薅霜素。楼外春光似水流，已是苍颜著。

霜 天 晓 角
叠彩山拿云亭①
二〇〇一年五月

上天无路，叠彩巅峰伫。小憩拿云亭处。山川秀，清如许。　深壑飘轻雾，从容飞鸟度。远眺人间景物，数不尽，星棋布。

【注释】

① 叠彩山位于广西桂林市北侧，是桂林著名风景区。山顶建有亭阁，取名拿云亭。

水 龙 吟
漓江游

二〇〇一年五月

桂林山水多娇，轻舟缓缓漓江踏。重峦叠翠，绵延侧立，清波穿峡。龙马腾云，虎狮啸雾，雄鸡啼鸭。又嶙峋峭壁，通途横截，疑它是、天工闸。　　倏忽天开景换，数几多、木舟竹筏。田园烟雨，青滩物阜，村姑爽飒。渔叟垂钓，鸬鹚潜水，画真诗恰。泊阳朔①，别样风光一片，满城花插。

【注释】

① 阳朔：县城，距桂林40千米。

永 遇 乐
登滕王阁

二〇〇一年五月

千古洪都，驰名扬誉，滕王高阁①。碧瓦琉璃，雕甍绣闼，高耸九层廓②。北牵"挹翠"，南援"压江"③，傲视赣流涛泊。畅挥毫，龙门才子，文章风起霞落④。　　移星转斗，改朝换代，几度曾遭毁掠。幸有今朝，江山大治，重现雄姿绰。行云飞鹜，春城玉宇，无限生机磅礴。争观览，游人熙攘，一登为乐。

【注释】

① 滕王阁位于江西南昌市内沿江路赣江东岸，始建于唐永徽四年（公元653年），为太宗弟弟、滕王李元婴都督洪州时营建，故名，至今一千三百多年，屡毁屡建。现滕王阁为20世纪80年代重建。

② 滕王阁为仿宋朝木结构样式，主体净高57.5米，共9层，建筑面积13000平方米。

③ "挹翠""压江"为滕王阁北南两端的两个辅亭名。

④ 龙门才子：王勃，唐绛州龙门（今山西河津市）人，文采横溢，时称才子，故谓龙门才子。文章：指王勃撰写的《滕王阁序》。

卜　算　子
瞻金寨烈士纪念塔

二〇〇一年六月二十二日

百里疾驰行，来谒英雄塔。血染江山忆昔年，星火燎天下。　　玉宇映青城，旭日辉东亚。未有先驱血肉铺，哪得新华夏？

西　江　月
立夏清晨

二〇〇一年六月二十五日

碧宇微风旭日，新村绿树红花。枝头家雀闹喳喳，报说今朝立夏。　　青菜萝卜土豆，油条豆脑糍粑。买完素食买鱼虾，过个丰餐节假。

八 声 甘 州
中国共产党八十周年

二〇〇一年七月一日

八十年弹指一挥间，南湖起航程。敢狂澜力挽，赴汤
蹈火，损羽摧翎。枪号洪都惊宇，星火井冈明。遵义
华阳出，九死一生。　　矢志驱倭救国，奋破关夺隘，
万里长征。创延安盛局，举国燃豪情。击太行、狼嚎
鬼哭；战淮海，扫灭蒋家兵。乾坤定，山河重整，狮
舞龙腾。

东风第一枝
北京申奥成功记

二〇〇一年七月十三日

气屏神凝，汗滋心跳，霎时天籁无语。只缘情结五环，
思澜涌起朝暮。听凭对手，尽使出、浑身解数。愿今
宵，桂落北京，华夏凯歌云翥。　　天有眼，运交神
禹；人称意，笑盈万户。未忘惜挫洛桑，痛楚八年难
诉。卧薪尝胆，奋力把蓝图重塑。终赢得、举国欢腾，
漫宇银花火树。

满 江 红
感高官落马

二〇〇一年八月

官场微澜，将几顶乌纱淹没。一时间，残云卷去，晴空明澈。反腐肃贪天剑利，切瘤排毒钢刀烈。看神州，九派淀清流，关山悦。　　伪君子，重权窃；乘宝马，拥娇妾。更青云平步，攀星粘月。社鼠嗑仓无忌惮，城狐凿壁何猖獗。到头来，一命丧槐安，烟灰灭。

满 江 红
中秋赏桂

二〇〇一年十月一日

冉冉月圆，中秋夜，清风爽气。满园桂，婆娑移影，奇香扑鼻。居士①欲栽蟾兔府，嫦娥抢种广寒地。却原来、无意在天堂，人间坠。　　年四季，长葱翠；平凡处，芬芳惠。不与松梅竹、争名逐位。甘献黄花酿美酒，愿将皮叶调鲜味。更寒冬、大雪漫天飞，无穷魅。

【注释】

① 白居易，晚年号香山居士，他的咏桂诗《城东桂》有"月宫幸有闲田地，何不中央种两株？"诗句。又神话传说，月中有桂，为嫦娥所栽，高五百丈，四时常荣（见《初学记》卷一引晋虞喜《安天论》）。

定　风　波
人　　生
二〇〇一年十月

济海扬帆拨棹行，人生一路几回平？绕过暗礁逢骇浪，跌宕，汹涛拍击未消停。　　浪去风轻天色易，警惕，当心又有漩涡横。万里迢迢临彼岸，云淡，夕阳灿烂晚来晴。

花　心　动
西部大开发
二〇〇一年十月

西北神州，起号歌，声回万沟千壑。截岭钻山，跨谷穿流，大道纵横阡陌。工程建设星棋布，尘烟卷，车欢马跃。旌旗艳，阳关舞柳，楼兰唱鹊。　　亘古雨枯风恶。唯黄土高原，戈滩沙漠。蕴宝怀珍，沉静长眠，只待良机运作。忽如盘古开天地，宏图展，雄韬伟略。龙虎啸，一扫人间寂寞。

饮 马 歌
即 兴
二〇〇一年十月

千行重决策，万家求效益。神舟重霄逼，科技中天日。
看尧天，正变迁。举国争朝夕，创奇迹。

青 玉 案
加入世贸组织
二〇〇一年十一月

人间恨有不平处，关未复，世难赴。巧与周旋荆棘路。
引经据典，唇枪舌剑，十五年头度。　　扫清千叠尘
和土，冲破万重云与雾。南北东西同举步。一槌音定，
鹏欢雀跃，齐诵中华赋。

清 平 乐
辞 旧
二〇〇一年十二月

时光难住，眨眼双寒去。旧岁标书投一炬，痛悔时光
虚度。　　曾经力克千难，于今愧负当年。决意再拼
余勇，岂能却步偷闲？

渔 歌 子
三八邀女职工游植物园

二〇〇二年三月八日

满苑梅花映日红，无穷画意逐春风。登喜鹊，舞翠龙①。旧时荒景杳无踪。　　今日女工情致浓，红妆更显媚娇容。言语俏，智商聪。恰如笼鸟入林中。

【注释】

① 登喜鹊、舞翠龙均为梅桩盆景，即"喜鹊登梅"和"翠龙舞梅"。

捣 练 子
徽 园①

二〇〇二年三月八日

千亩地，一园庭。八皖风光竞争鸣②。笑语欢歌闻逐浪，江淮儿女乐升平。

【注释】

① 徽园，位于合肥市经济技术开发区，人造园林，建于2000年，浓缩了安徽全省各地域代表性景观，集人文荟萃于一园。

② 八皖，指安徽全省各地。据《清史稿》记载：安徽省设于清康熙六年（公元1667年）。乾隆二十五年（公元1760年），正式定省会于安庆府治怀宁（即现在的安庆市）。由于安庆府境内有皖山、皖水，春秋时还有皖国，故安徽省又简称为"皖"。雍正十三年（公元1735年）以后，安徽省由原管

辖的七个府，三个直隶州，增至八个府（即安庆、徽州、宁国、池州、太平、庐州、凤阳、颍州）和五个直隶州（即滁州、和州、广德、六安、泗州）。故此，人们便把拥有八个府的安徽称为"八皖"。

水调歌头
长江三峡
二○○二年四月

巴鄂嵯峨甚，巨峡大江缘。两岸悬崖峙立，高耸入云天。重岭苍藤绕树，绝壁飞泉挂练，翳日湍流喧。宝剑兵书在[①]，鹰猎肺肝难[②]。　　通途志，平湖愿，祖孙传。惊世蓝图拍案，石壁截江澜。喝令凶涛恶浪，任我安排调遣，电网九州联。三峡创奇迹，何梦不能圆！

【注释】

　①宝剑兵书：指"兵书宝剑峡"，位于西陵峡香溪东约1.5千米江北，因一处陡壁峭岩，右下方凸起，犹如巨剑，直插江中，上方石缝中有物体叠置，状似书函，相传是诸葛亮在此收藏的兵书，无人可盗，故得名。

　②肺肝：指"牛肝马肺峡"，位于西陵峡青滩下游约5千米江北岸，因岩石重叠突出下垂，东侧颜色如牛肝，西侧形态如马肺，故得名。

满 庭 芳
校园览春

二〇〇二年四月

浩宇云开，和阳灿烂，草坪碧透如秧。庞然昂立，新厦着银装。大道纵横交错，丛林里、鸟语绕梁。飘飞絮，依依杨柳，绿水映鹅黄。　　春光，原本是、人心天合，天意人襄。曾楼稀路窄，圾乱芜荒。屈指工程六载，"二一一"①、快马鞭扬。今凭步，桃红竹翠，醉睹满庭芳。

【注释】

① "二一一"，指国家发展高等教育的一项战略工程，即面向 21 世纪，建设一百所世界一流大学和一百门具有世界领先水平的专业学科，简称"二一一"工程。安徽大学这项工程启动于 1996 年。

忆 秦 娥
校园写生

二〇〇二年四月

东方白，校园四月诗情溢。诗情溢，花香鸟语，絮飞莲碧。　　骅骝伯乐相鞭策，雏鹰幼鹤求知迫。求知迫，嗷嗷争哺，频频舒翮。

醉 花 阴
游紫蓬山①

二〇〇二年四月

莫道紫蓬风景淡，玉佛多罕见。满寺绕香烟，信女善男，合掌南无念。　　鹭宿莺栖青岭恋，古树何苍健！山下更销魂，秀水平湖，历历鱼虾现。

【注释】

① 紫蓬山位于合肥市肥西县境内。

清 平 乐
五一偕妻出游

二〇〇二年五月

春深绿漫，楼外蔷薇绚。鸟语声声闻不断，朝晓彩云一片。　　年年五一相期，黄金假日多姿。旧岁江南携侣，今番胶济和妻。

齐 天 乐
重登泰山

二〇〇二年五月

雄山之最当谁属？中华谓之东岳。拔地冲霄，逶迤磅礴，绝顶群峦烘托。陡崖如削，又桥洞溪潭，翠填深壑。路转峰回，腰间横挎壶天阁。　　台阶六千余级，似云梯下挂，河汉垂落。古往今来，摩崖石刻，多少奇文妙作。南门跨跃。更漫步天街，巅峰相约。金带玉盘①，纵情遥领略。

【注释】

① 金带：立泰山绝顶西北远望，黄河犹如一条金色的带子隐约可见。玉盘：指泰山云海。金带、玉盘、日出、夕照为泰山的四大奇观。

水 调 歌 头
青　岛
二〇〇二年五月

黄海浮明月，胶济托金盘。广厦星罗棋布，错落望无边。美哉老城如画，壮哉新区似锦，合璧两浑然。居者有琼阁，游者有仙山。　　春光灿，百花艳，市无眠。经济快车呼啸，俱进与时迁。"海尔"雄风漫宇，"海信"凯歌冲汉，海港五洲连。人杰地灵处，万马竞飞天。

点 绛 唇
刘公岛①
二〇〇二年五月

翠盖蓝环，国门前哨横屏障。东陲海上，军港旌旗望。　　曾记当年，恶煞兴狂浪。男儿壮。水师奋抗，悲曲千秋荡。

【注释】

① 刘公岛，位于山东省威海市近海，形成海上天然屏障，是中国扼守东陲海疆的要塞，历史上甲午中日战争就发生在这里。

玉 楼 春
纨绔自新
二〇〇二年五月

黄家阔少挥烟酒，更掷千金常问柳。忽如一夜泰山移，作歹街头难糊口。　钱财本是无情兽，人到无时方恨有。回头浪子捡真经，衣食当凭两只手。

雨 霖 铃
母校南京大学百年校庆
二〇〇二年五月

黄金五月，宇青云淡，晌午初热。人车满目熙攘，欢声鼎沸，旌旗摇曳。白发攀谈说笑，又凄语凝噎。对屈指，相问何年，音讯杳无海涯别。　今逢师母生辰节。拜高堂，数万儿孙列。莘莘学子聚首，豪气迈，俊才受阅。一脉传承，喜看，中华未来群杰。幸哉也，万古长江，滚滚流无竭。

踏 莎 行
登武夷山天游峰

二〇〇二年七月

势险形危，超群拔类，陡阶曲径通天地。四肢并用奋攀缘，回头唯恐从天坠。　　　腿痛腰酸，汗流浃背，强充好汉不称累。登临绝顶笑开怀，风光尽览人痴醉。

小 重 山
九曲溪漂流

二〇〇二年七月

试问武夷何最欢？当游溪九曲，绕重山。竹排浮水荡潺潺。穿翠谷，梦作一回仙。　　　踏破激流滩，平波清碧透，赛甘泉。三迂四转过龙潭。惜玉女，凭镜睹王颜[①]。

【注释】

① 玉女：指玉女峰。王：指大王峰。相传玉女大王相爱，因铁板嶂从中阻梗，被永远隔开，只好凭借镜台，泪眼相望。

鹧 鸪 天
随 感
二〇〇二年八月

曾记夏秋少树荫，茧丝垂挂万千根。洒它农药二三遍，窒息生机鸟不闻。　　重环保，禁猎禽，翻身鸟雀甚殷勤。朝捉夕捕毛虫尽，叶茂绿肥歌满林。

西 江 月
瞻泾县新四军军部旧址
二〇〇二年十月一日

四面重峦叠翠，中间千顷良田。鹁鸪声里犬鸡眠，宛若桃源一片。　　犹记风云突起，阴霾顿卷狼烟。皖南事变铸奇冤①，万籁悲歌冲汉。

【注释】

① 1941 年 1 月 4 日，新四军军部及所属的支队九千多人奉国民政府军事委员会之命由皖南云岭出发北移；6 日，行至泾县茂林时，遭到国民党军八万多人的伏击；新四军奋战七昼夜，弹尽粮绝，除约 2000 人突围外，大部分被俘或牺牲，军长叶挺与国民党军队谈判时被扣押，政委项英等被杀害，史称皖南事变。

唐 多 令
匆游敬亭山①

二〇〇二年十月

归返过宣城，匆匆上敬亭。半山腰、竹翠蝉鸣。叶缝斜阳晖缕缕，深林透，照我行。　　神女舞姿娉，谪仙多眷情。独此方、梦绕魂萦。桃花湖水相映衬，登绝顶，万方明。

【注释】

① 敬亭山，位于安徽省宣城市城北 5 千米，古名昭亭山，又名查山，高 268 米，千岩万壑，自古便是游览胜地。历代许多名人大家均来此访游赋诗，谢朓称"兹山亘百里，合沓与云齐"；李白赞"相看两不厌，只有敬亭山"。

长 相 思
登 高

二〇〇二年十月

生九州，长九州，爱我九州永不休。江山放眼收。　　心揪揪，眉揪揪，国力犹行逆水舟。何时领上游？

采 桑 子
牯牛降①

二〇〇二年十一月六日

青峦碧影潭中倒，清澈漪涟。鱼动微澜。石壁翻流瀑水喧。　　陈年寂寞无人问，今遇尘缘。愈发无闲。鸟叫深林游客欢。

【注释】

① 牯牛降，山名，国家级自然保护区，位于安徽南部，横跨石台、祁门两县，有大片原始森林和多处景点，现已部分开发，供人游览。

如 梦 令
辞　岁

二〇〇二年十二月三十一日

少壮熊腰虎背，重担常挑不累。今看镜中人，已是面容憔悴。辞岁，辞岁，回首经年无愧。

西 江 月
清早见闻

二〇〇三年二月十八日

淡淡曙光破晓，微微月色将残。万千家雀聚长天，鸟语喳喳一片。　　左看健身翁媪，右观舞美青年。笑谈国泰与民安，都说史来罕见。

一 剪 梅
诗乡霍邱

二〇〇三年三月

西皖娇娆极目收。淮水拖蓝，湖水荡悠。安阳①染绿

驻春秋。鱼跃龙潭，鸟戏青州。　　蓼国②春来万象
稠。俱进与时，百舸争流。诗坛呐喊打先头。奔向小
康，更上高楼。

【注释】

① 安阳：指安徽省霍邱县境内的安阳山。

② 蓼：草本植物，开淡红色或白色花，有水蓼、蓼蓝、
何首乌等品种。古代（约公元前622年之前）因霍邱及河南
固始一带长满蓼，史称蓼国，故霍邱简称蓼。

忆江南二首
赴霍邱感赋
二○○三年四月

一

春风劲，吹得蓼邦红。水陆齐昌朝气勃，城乡并
茂太平融。百业正兴隆。

二

春风劲，吹得蓼天蓝。物质文明结硕果，精神世
界跃骅骝。骚客振诗坛。

临 江 仙
蔷 薇
二○○三年四月

院外蔷薇神采奕，春来叶茂花肥。谁知入夏遇风摧。

顽童偷采折，野草竞相欺。　　试看名花高品节，何曾懊恼伤悲？自强不息发新枝。蜂儿忙觅食，默默献芳菲。

谢 池 春
癸未抗灾
二〇〇三年五月

五月如金，贯是风光灿烂。却瘟神①、乘机作乱。又水妖猖獗，江河泛滥。恨苍天，存心播怨。　　泱泱华夏，力克洪灾疫患。看今朝、全民参战。严防死守，定人胜天算。扫阴云，气冲霄汉。

【注释】

① 瘟神：此处指"非典型传染性肺炎"，简称"非典"，英文名称简称"SARS"。

念 奴 娇
抗击"非典"
二〇〇三年五月

云蒸霞蔚，正扬鞭，万马腾空飞跃。亿众一心奔四化，举国筹谋雄略。忽有瘟神，乘机发难，毒爪横凌虐。惊风浊浪，一时南鼓北作。　　齐声喝令灾星，不许猖狂，休得逞凶恶。唤起全民筑铁壁，守护千城万郭。白衣天使，披肝沥胆，请缨冲锋搏。大兴科技，誓将魔怪擒获。

水调歌头
白衣战士颂

二〇〇三年五月

玉宇巡天使，风采照白衣。不惧小虫细菌，救死扶伤悲。心系病人疾患，医护无分昼夜，胜似亲人归。赢得千城乐，送去万家辉。　　守公德，履天职，百千锤。面迎"非典"挑战，忘我请缨盔。冒死义无反顾，敬业殚精竭虑，患者得安夷。高洁胜松柏，傲雪赛红梅。

将　进　酒
端　阳

二〇〇三年六月四日

布谷叫，端阳到，桃肥杏胖枝头闹。粽子尝，饮雄黄，艾草青青，户户洒芬芳。时蔬瓜果呼之有，肉蛋鱼虾好下酒。灯无眠，车无眠，顾客如潮，市场盛空前。　　留不住，东归去，大江千里迢迢路。看青山，绿如前，人事已非，地貌改年年。满城黑发皆青少，岁月无情催我老。心未停，步莫停，更上高楼，健步一层层。

水 调 歌 头
三峡试通航感赋
二〇〇三年六月

神女何曾料，三峡出平湖。梦断惊询禹帝，巫岭有还
无①？大坝横空出世，锁住狂澜千里，一改蜀东图。
猿鸟忙迁徙，高处好安居。　　旌旗舞，锣鼓闹，众
欢娱。启闸调水，从此天险变通途。四海巨轮西往，
九省大舟东去，万里航程疏。龙脉环球展，鹏翼五
洲舒。

【注释】

① 相传神女乃西王母的女儿，名瑶姬，曾助禹治水。今
神女峰对岸飞凤峰下有授书台，传说是神女授书夏禹的地方。
巫岭即巫山，位于四川省巫山县东南。

念 奴 娇
雄 鹰
二〇〇三年六月

岭头昂立，转锐眸，搜索鼠踪蛇迹。彻察秋毫听动静，
明辨五音六色。电掣风驰，俯冲直下，利爪从天劈。
呜呼猎物，吱吱断了声息。　　身栖绝壁苍林，严霜
溽暑，展翅长空击。搏雨剪风云雾裂，百鸟谁堪相匹？
朝逐曙光，暮披夕照，拍动重山碧。英雄不负，舍翎

摧羽擒敌。

莺 啼 序
赤子颂

二〇〇三年七月

　　献给那些出国留学后返回祖国精忠报国的赤子们。

曾经九州病患，叹百年潦倒。负奇耻，狗与华人，强
虏视之等号。疾风啸，驱霾破雾，雄鸡一唱五星耀。
立雄心、征驾长车，逐鹰追豹。　　千载悠悠，经史
子集，尽风流典要。却今日，科技兴邦，更须兼蓄新
妙。求真知、漂洋过海；觅珍宝、攀山涉坳。赤子情，
常把中华、大声祈祷。　　他邦羁旅，海外留学，时
光最易老。倍刻苦，学研相辅，似渴如饥；借月挑灯，
不分昏晓。勤工助读，图强矢志，求知行遍书山路，
几春秋，喜戴流苏帽。归心似箭，拒他洋妞金圆，扑
向父母怀抱。　　寰球纵览，雾霭迷离，幸九州独好。
正旺季，天青云淡，柳暗花明；燕舞莺歌，马欢人笑。
拳拳儿女，丹心酬国，殷殷千虑谋奉献，誓教它、与
日同辉耀。炎黄忠孝基因，代代相传，节高气浩。

贺 新 郎
故 乡

二〇〇四年八月

四季忙公务。好男儿、以身许国，岂容迟误？露宿风

餐无昼夜，南北东西常驻。哪管得、安危荣辱？不尽辛酸藏内腑，知几回、梦对爹娘诉。呼二老，泪沾铺。

匆匆岁月尘和土。最难磨、冰心似玉，乡音如祖。汗沃青山三寸草，怀抱春晖缕缕。愿故里升平歌舞。当与神州齐奋进，乘飞鹏、万里长空举。频合掌，遥相许。

满 江 红
纪念抗日战争胜利六十周年（二首）

二〇〇五年八月

一

国难民伤，九·一八，生离死别。更有那、芦沟破晓，虹桥沉月。禹域生灵枪弹饮，尧邦草木硝灰抹。怎堪提，血染石头城，几人活？　　狼烟起，青纱拨；山岳怒，江河沸。举旌旗万杆，全民挥钺。烈火冲霄驱虎豹，汪洋灭顶葬蛇蝎。捷报传，歌舞遍神州，欢声叠。

二

历史长河，六十载，轻舟一叶。回望眼，翻天覆地，轰轰烈烈。百业齐兴经济旺，千行并举小康热。喜神舟、功毕载人飞，拟登月。　　龙腾宇，苍天悦；阴霾起，妖牙啮。祭魔王神社，幽灵未灭。军国野心犹不悔，霸权主义难根绝。警钟鸣，世事莫能忘，前车辙。

满　江　红
和丁芒先生《长征曲》
二〇〇五年十月

战史华章，渡江役，千秋垂范。挟激浪，云帆竞济，雄师百万。悍敌丧魂盔甲弃，神兵破竹猢狲散。笑蒋公，无力祭东风，空嗟叹。　　五星灿，沧桑换；宏图绘，长虹贯。把南疆北国，锁成一片。铁马嘶鸣穿雾障，钢龙呼啸越天堑。看神州，崛起在今朝，年年变。

水 调 歌 头
神六载人航天
二〇〇五年十月十八日

呼啸腾空去，神舶又航天。绕地飞行五日，七十又七圈。摄取球容地貌，遥感星光月影，高处不胜观。俊杰英姿焕，着意试空翻。　　谋强国，兴科技，探空间。峰峦跌宕起伏，聚力奋登攀。百路群英会战，一箭冲霄入轨，梦想此时圆。更上九重九，访月待来年。

菩 萨 蛮
棕 榈
二〇〇五年十二月改写

千棕万缕自相束，身心拒染枝葱郁。雪压不弯腰，风摧不动摇。　　路人生感悟，回首频频顾。律己自身强，任凭风雪狂。

沁 园 春
共和国六十华诞
二〇〇九年十月一日

旧国哀哉，腐弊丛生，祸患无休。更火烧京兆，殃生八寇；生灵涂炭，祸起倭酋。甲午风悲，庚子拳恨，辛亥怒潮未解忧。望苍宇，盼救星天降，护我金瓯。　　忽听霹雳天头，看闪闪锤镰耀海陬。唤工农亿万，同心奋斗；燎原烽火，燃遍九州。红日东升，乌云匿散，浩荡春风送暖流。终赢得，我中华崛起，跨越千秋。

蝶 恋 花
兴游合肥滨湖新区
二〇一一年四月十五日

魅力庐州花映柳，广厦如林、路阔通京九。更喜人间特色有，包河长满无丝藕。　　满目新潮春雨骤，千里江淮、绿染山川秀。省府先临快道口，滨湖直上居龙首。

贺 新 郎
庆祝建党九十周年
二〇一一年七月一日

千里西风烈。直压得、东风无力，病机衰竭。利炮坚船日夜吼，门户轰然崩裂。屈指数、百余岁月。儿女壮心驱虎豹，抛头颅、慷慨捐丹血。寻出路，阴沉彻。　　雄鸡一唱开天阙。看长空、锤镰冉冉，金光烨烨。倒海翻江卷巨浪，牛鬼蛇神顷灭。插遍了、红旗猎猎。聚精汇力兴邦国，更梦圆四化寰球崛。追先进，奋超越。

浪 淘 沙
春晨口占
二〇一二年三月二十一日

晨雨洒窗纱，风卷帘斜。私车往返贯鱼虾。远眺蜀山何处是？一片楼遮。　　喜看少年娃，勇闯天涯。一年一度展春华。七十人生难奈我，整日无暇。

贺 新 郎
母校巢湖一中百岁华诞感赋①
二〇一二年五月

挥泪相离别，自此后、奔南闯北，经风踏雪。笑对苦寒无所惧，历尽波云诡谲。屈指数、五百余月。校貌山容常入梦，念恩师、母乳滋丹血。遵教诲，效忠烈。

四方锣鼓喧天彻，望新区、鲜花簇簇，彩旗摇曳。鸿雁还巢同聚首，多少英才俊杰。似江水涛回浪叠。喜看故乡铺锦绣，更妖娆湖畔蒸蒸热。卧牛起，灵龟越。

【注释】

① 巢湖一中前身是清雍正十二年（公元1734年）始建的"巢湖书院"。1905年改为"巢县高等小学堂"；1911年改为"巢县官立中学堂"；1959年被确定为安徽省重点中学。原校址位于巢湖市城关卧牛山麓，濒临巢湖，邻近龟山。2003年迁出旧址，于巢湖市世纪大道西侧建立新校区。

满 江 红
国庆感怀
二〇一二年十月一日

千古神州，数多少、帝王将相。谁解得、民灾国难，苦
情无量？荜户蓬门离骨肉，贪官污吏挥权杖。到头来，
夷寇破京门，山河丧。　　　江海怒，翻巨浪；豺狼扑，
长缨抗。拱五星高照，驱云消瘴。牛鬼蛇神尽扫去，工
农商学齐兴旺。看寰球，崛起大中华，何其壮！

清 平 乐
钓鱼岛
二〇一二年十月三十日

钓鱼列岛，华夏掌中宝。海盗贪婪常袭扰，虎豹垂涎
已早。　　　千年浪打风吹，百年景象迷离。今日成城
众志，誓将离子招回。

卜 算 子
"东方之星"罹难祭①
二〇一五年六月七日

风暴太无情，江水尤浑蛋。夺我同胞数百人，噩耗惊

霄汉。　　四海痛心揪，三峡哀声唤。党政军民奋救援，众志消灾患。

【注释】

①2015年6月1日23点，载有456人的"东方之星"客轮在长江湖北监利县水域突遇龙卷风倾覆，14人获救生还，其余皆不幸罹难。

念 奴 娇
纪念抗战胜利七十周年

二〇一五年九月三日

回眸抗战，缅先烈，尽显英雄本色。淞沪长沙连武汉，奋勇牺牲杀敌。东北华南，太行苏皖，浴血打游击。漫天烈火，倭魔终被擒得。　　尔来七十周年，魔心未死，犯我喷浑墨。众志成城兵马备，筑起铜墙铁壁。打虎拍蝇，凝心聚力，梦想圆今日。和平崛起，风骚再领千国。

沁 园 春
柘 皋①

二〇一五年十一月二十日

十一月十七日，学长吴玉恒为重修《柘皋志》特来肥询问我是否写过有关家乡柘皋的诗词作品，一时略显尴尬。翌日，为酬此愿，查阅相关资料，回忆儿时所见，反复思考，遂成此词。

千古名城，位于皖中，巢北明珠。有黄金水路，商缘两岸；车流高速，大道通衢。白蟒东盘，浮槎西耸，南望神州第五湖[②]。街市口，叹琳琅满目，鱼米乡都。

尔来风雨沉浮，幸历尽沧桑史不枯。忆坛子山头[③]，公侯缔约；九步三井，魏将征吴[④]。更有明清，修桥缅难[⑤]，李相招财开当铺[⑥]。独惆怅，问老街、庙宇[⑦]，何日重苏？

【注释】

① 根据史料记载，柘皋已有约 3000 年的历史，堪称名副其实的历史古镇。

② 白蟒，指而山白龙洞，传说曾有一条白蟒在而山主峰一洞内修炼，得道后变成白龙飞天而去，故此洞称作白龙洞。

浮槎，即浮槎山，位于柘皋西面约 5 千米处。山有浮槎寺、福严寺，山顶有龙王殿，殿前有二眼泉水，被欧阳修赞为天下第七泉。浮槎山历史上曾为佛教圣地，有“小九华”之说。

第五湖，指中国第五大淡水湖——巢湖。

③ 坛子山，在柘皋板桥境内，古河道西侧。经考证为东周村落遗址。史书记载，春秋周敬王三十七年（公元前 483 年），鲁哀公会晤吴侯于柘，筑坛缔结盟约。

④ 据巢县志记载，三国时期，柘皋处于魏吴之间，战争频繁。公元 222 年，魏大司马曹仁曾率兵万人驻柘皋阳河岗（距井约 50 米），为解决士兵饮水，遂挖三眼井，呈“品”字形，位置在今柘皋镇油厂东北侧塘底。

⑤ 相传，元朝末年，朱元璋被元兵追杀，到达柘皋时连

人带马坠入柘皋河中，被一更夫用小船救上对岸，化险脱身。朱元璋当上皇帝后，命人在此架设"遇难桥"，缅怀这一险历，报答更夫救命之恩。后来人们将"遇难桥"更名为"玉栏桥"，以图吉祥。

⑥ 建于清同治和光绪年间、位于老街中段号称"天下第一铺"的李鸿章当铺是李氏当铺的仓库和港口运输货物集散地之一，当年生意规模宏大，主要从事典当业务。

⑦ 柘皋北闸街曾是一条有近400年历史的老街，全长200米、宽4米，沿街两侧是清一色的徽派建筑，两层的木楼，粉墙黛瓦，飞檐峭壁，房屋紧连，很多房屋的门是店铺常用的槽门，街面的石板留下了过去独轮车碾压的沟印，可见当年市井繁华，商业气息浓郁。

柘皋过去有座城隍庙，香火旺盛，尤其是每年庙会期间，百货汇集，人流涌动，花灯荟萃，狮跃龙舞，热闹非凡。

水调歌头
屠呦呦与青蒿素

二〇一五年十二月十六日

光大中医学，佼佼屠呦呦。蒿草丛中觅宝，苦战数春秋。研析古方典籍，探索新知奥秘，一发不能收。功满开金石，圆梦享天酬。　　青蒿素，抗疟疾，惠全球。一剂灵丹妙药，顷刻解危忧。救死千千万万，备受人寰赞誉，诺奖美名留。老耄心犹壮，奋上更高楼。

第二部分　自度曲

东　方　红
江淮春兴
二〇〇四年三月

朝霞映碧宇，江山处处暖风吹。人间天上，一轮红日同辉。万树新芽发，生机蓬勃展新枝。正春时，百鸟开喉唱，对对筑巢栖。最是村村燕子情，桃花三月归。

遥想当年，战火纷飞。无数英雄洒热血，碎骨粉身护国威。终赢得、神州伏恶虎，天阙唱金鸡。从此巨人披彩虹，破旧立新规。而今改革开放，更将日月追。

龙　江　颂
淮河王家坝
二〇〇五年五月

凌空气势雄，百舸穿流下。千里淮河第一闸，闻名遐

迓王家坝。晴雨表，风向标，抗洪防汛功劳大。问世
五十年，岿然不动，水妖甘作罢。　　曾记否，狂风
暴雨，汛来太可怕。泛区人畜喂鱼鳖，百万灾民失寒
舍。毛公心碎也，即令除洪霸①。全民发动，苦斗数
春夏。终把蛟龙锁定，功绩论无价。

【注释】

① 1951 年 5 月 15 日，毛泽东主席在授予治淮委员会等单
位的锦旗上题词："一定要把淮河修好"。

牡 丹 恋
谷雨银屏山看花

二〇〇六年四月二十日

银屏山里闹，时逢谷雨节。悬崖峭壁无人及，犹有奇
葩似雪。不管路深阶陡，游客漫山坳，赏花潮热。人
人争眺望，不负天公绝。　　传神女，此方歇；发告
示，招婿切。富豪纨绔出污言，妄想拈花惹蝶。狂风
劲起祥云去，带走人间余孽。留下白牡丹，教汝学
高洁。

满 园 春
秋游农家乐

二〇〇六年十月

秋风爽快，乘车到市外。慢悠悠绕过柳塘，眼前是、

锦绣田园一派。男女环池垂钓，鱼拍水声急，顽童忙坏。阵阵桂香沁果林，几老舒筋骨，如临仙界。远方又见大棚，长满瓜和菜。　　千年陶令今犹在，游客相逢莫见怪。农家主，会推卖，打造桃源新时代。先建茅亭供打牌，再植花草，四季青不败。徽式瓦房解乏，毛竹餐厅克饥，不亚天堂寨。凡来者，皆感慨。

红 灯 记
看电视新闻有感
二〇〇七年五月

大道何宽阔，却难容车辆无数。熙熙攘攘几里街，十字交叉三四处。亡命小子，醉驾闯红灯，狂飙一路。霎时间、车毁人亡，酿成重大事故。　　呜呼！谁之误？灯否人否？小恶任之灾祸生，红灯只为平安竖。须知：规则无私，人人平等，文明方进步。教训：社会公德，行为标准，亟待重塑。

奔 小 康
城郊巨变
二〇〇七年十月

往日村民点油灯。靠城吃城，种菜谋生。弄点砖头杂物，搭个猪栅鸡棚。闲来做些临时活，挣点小钱补家庭。一辈子守陈规，念的是温饱经。到头来，房怕大雨，地怕久晴。　　忽如一夜春风劲，振兴经济启工程。爆竹响，机器鸣；修道路，建新城。甩开臂膀推茅屋，规划新村筑高层。从此迎来大变更。住楼房，换身份；创新业，展才能。昔日菜农、如今成大亨。

圆　梦
参观新村慰藉杜少陵①
二〇〇七年十二月

君曾怨，住房难，难于上青天。梦中常慨叹：安得广厦千万间，大庇天下寒士俱欢颜。　　君今看，住房宽，宽得任人迁。新村层出现。经典名称叫不完，可让世上需者梦长圆。

【注释】

①杜甫（公元712—770），世称杜少陵，河南巩县人，我国唐代最伟大的现实主义诗人，一生写诗一千四百多首，人称"诗圣"。他创作的古诗《茅屋为秋风所破歌》，叙述其茅屋被秋风所破以致全家遭雨淋的痛苦经历，抒发了自己内心的感慨，其"安得广厦千万间，大庇天下寒士俱欢颜"诗句体现了诗人忧国忧民的崇高思想境界，是这首诗的主题思想所在。

百　鸟　朝　凤
北京奥运会开幕式

二〇〇八年八月八日

百国云华夏，精英聚鸟巢。火树银花漫夜宇，京城万巷涌人潮。国旗五星灿烂，会旗五环溢彩，并立迎风飘。礼仪火爆景，动静有章条。　　金童舞，玉女歌，逐浪高。时空回放缶声里，史诗追溯夏周朝。展示汉字印刷，推动人寰飞转，气吞万里涛。飞天点圣火，神龙亮绝招。

群　英　会
全国首次优秀农民工表彰大会①

二〇〇八年十一月二十日

父辈当年建会堂，子孙聚会慨而慷。老模范，新闯将，一脉相承秉性强。共抒报国志，重任勇担当。　　改革风雷阵阵狂，走出农村奔小康。天当被，地做床，万苦千辛尽饱尝。城乡二元改，两化②创辉煌。

【注释】

① 改革开放以来，全国首次优秀农民工表彰大会于2008年11月16日在北京人民大会堂隆重举行，1000名农民工、100个农民工工作先进集体受到了表彰。

② 两化：指工业化、城镇化。农民工进城务工，改变了

城乡二元结构，促进了"三农"问题的解决，推动了工业化、城镇化建设，史上绝无仅有，其贡献将永载史册。

游 子 归
读网闻感赋
二〇〇九年九月

十七年、寒窗熬过，双亲干瘦如壳。一纸证书到手，蒙头偷着乐。幻想天堂在海外，离乡背井淘金箔。却上帝违人愿，几年无所获。心想回家，又怕遭舌嚼。流街巷，受冷漠。　　欣闻故土起宏图，广纳人才开拓。夜来面壁三思，痛悔前番所作。要做堂堂中国人，怎甘天涯沦落？打起行囊，抹除羞色，乘上回归银鹤。母子情，祖国恩，重山岳。

天 安 门
离京三十周年
二〇〇九年十二月三十日

人生如梦，转眼三旬东逝水。当年黑发大青年，如今霜染眉尾。投笔从戎，又卸甲捡回笔。俯首耕耘学府，任科长，当处长，再做公司经理。　　想当初、告别城西湖，一路流连挥泪。火车长啸驶京城，手摸心跳加倍。向往天安门，惯听辉煌魁伟。自此常相见，仰慕增豪气。赴汤蹈火，终生不悔。

和 谐 恋
五一逛街所见

二〇一〇年五月一日

岁月如梭箭，今又五一节。俊男美女俏装扮，双双挽臂逛新街。甜美又和谐。　　却遇小纨绔，仗势掷飞碟。砸伤靓妹纠纷起，一谈善后眼珠斜。谁不痛心耶！

潮 头 吟
记述某民办高校兼赞民办教育

二〇一〇年十月

城乡接合处，阵阵读书声。七八楼房红顶，回廊宽敞亮洁，一派西洋情。教学多媒体，办公电子化，紧跟时代进程。宿食无忧，运动无碍，容得下、上万师生。

　　此地谓何名？答曰："民"字打头，教育为本，改革应运生。当年下海弄潮儿，艰难跋涉前行。挑战公办名校，培育落榜知青，灌木好园丁。但愿结奇果，梧树凤凰鸣。

神 龙 抬 头
国防现代化感赋
二〇一一年十月

刀矛箭槊几千年，唐宋明清帝国坚。谁知洋祸起，炮舰破门关。从此一百一十载①，吾邦成鱼肉，西夷刀俎蛮。劫波难尽国权丧，无穷宝藏失，大好山河残。

东方霹雳日出山，四海红旗映日妍。钢枪铁甲备，核武卫家园。东风导弹远程炮，飞机加军舰，敌方心胆寒。而今更试高科技，上天能揽月，下海捉凶顽。

【注释】

① 自 1840 年鸦片战争起，中国逐步沦为半殖民地国家，至 1949 年中华人民共和国成立，约 110 年时间。

彩 云 追 月
赞优秀村官
二〇一二年五月

天上风云变，社稷事难磨。治国古来有教训，穷乡起祸波。朝纲厉，纵有雷霆万钧，难防点薪禾。　　今日民为本，村长不蹉跎。官职虽无芝麻大，事比头发多。办实事，联系基本群众，同吟和谐歌。

蛟 龙 探 宝
蛟龙号载人深潜

二〇一二年六月二十七日

大话传今古，东海有龙王。统领水生万类，呼风唤雨忙。听似活灵活现，却无人得见端详。说破了，不过是，民间幻想，秀才擅长。　　忽报蛟龙号，深潜下汪洋。探索未知世界，科研振国防。举世真龙真现，长中华无上荣光。好一个，七千米，安然无恙，寰球无双。

天 宫 会
神舟九号与天宫一号成功对接

二〇一二年六月二十九日

地茫茫，远望难。始祖长求索，何方为地首，哪处是天边？唯有上重霄，尽览人寰。飞天梦，古今传。　　啸群山，动酒泉。火箭腾空起，神舟驰广宇，男女共航天。更喜驻天宫，指点空间。太虚旅，乐如仙。

百 花 齐 放
观赏央视综艺栏目

二〇一二年十一月

中国好声音，我要上春晚。星光大道展风采，大众喜闻乐见。唱响回声嘹亮，期待开门大吉，幸福情无限。参赛非常六加一，畅谈艺术人生，满堂彩虹艳。

文化大繁荣，百花齐放，美景初现。主持人斗俏，明星族争辉，别开新局面。白雪阳春接地气，嫁接原生态，山坳奇葩绽。妙趣横生乡土戏，首选二人转。

雷 锋 颂
观央视《出彩人生》
二〇一三年六月

问旧时，何处人生出彩？叱咤风云，岂不英雄哉！金榜题名，岂不荣耀哉！衣锦还乡，岂不风光哉！果如此，世人仰慕，岂不高人哉！　　看今朝，何处人生出彩？一意为民，此乃公仆哉！公而忘私，此乃君子哉！助人为乐，此乃善民哉！平凡事，微中见著，此乃真人哉！

天 河 歌 谣
贺天河二号问世
二〇一三年六月二十日

秒超五亿亿次，重登世界之巅。将士攻关无昼夜，汗水流成幸福泉。感动全中国，快马动人寰。　　竞争路，望无端；比实力，奋勇攀。形势逼人逢对手，一步相差步步难。华夏好儿女，励志闯雄关。

图书在版编目(CIP)数据

储兴武诗词集/储兴武著. —合肥:合肥工业大学出版社,2016.1
ISBN 978－7－5650－2636－2

Ⅰ.①储… Ⅱ.①储… Ⅲ.①诗词—作品集—中国—当代
Ⅳ.①I227

中国版本图书馆 CIP 数据核字(2016)第 010483 号

储 兴 武 诗 词 集

储兴武 著 责任编辑 王钱超

出 版	合肥工业大学出版社	版 次	2016 年 1 月第 1 版
地 址	合肥市屯溪路 193 号	印 次	2016 年 11 月第 1 次印刷
邮 编	230009	开 本	880 毫米×1230 毫米 1/32
电 话	人文编辑部:0551—62903205	印 张	11.25 插页 0.25 印张
	市场营销部:0551—62903198	字 数	272 千字
网 址	www.hfutpress.com.cn	印 刷	安徽联众印刷有限公司
E-mail	hfutpress@163.com	发 行	全国新华书店

ISBN 978－7－5650－2636－2 定价:36.00 元
如果有影响阅读的印装质量问题,请与出版社市场营销部联系调换。